Giovanni Guareschi

...und Don Camillo mittendrin...

Giovanni Guareschi

...und Don Camillo mittendrin...

Weltbild Verlag · Augsburg

Genehmigte Lizenzausgabe für Weltbild Verlag GmbH,
Augsburg 1990

Aus dem Italienischen übersetzt von Andrea Gallusser-Dax und
Renata Gossen. Titel der italienischen Originalausgaben: «Il decimo
clandestino» / «Noi del Boscaccio», erschienen bei Rizzoli Editore,
Milano. Copyright © by Rizzoli Editore, Milano 1982, 1983. – Deutsche Ausgabe: © Albert Müller Verlag, AG, Rüschlikon-Zürich,
1984. – Nachdruck, auch einzelner Teile, verboten. Alle Neben-
rechte vom Verlag vorbehalten, insbesondere die Filmrechte, das
Abdrucksrecht für Zeitungen und Zeitschriften, das Recht zur
Gestaltung und Verbreitung von gekürzten Ausgaben und Lizenz-
ausgaben, Hörspielen, Funk- und Fernsehsendungen sowie das
Recht zur foto- und klangmechanischen Wiedergabe durch jedes
bekannte, aber auch durch heute noch unbekannte Verfahren. –
ISBN 3-926187-34-4. – Printed in Austria.

Inhaltsverzeichnis

Das Kirchlein del Ponte   7
Bei Philippi sehen wir uns wieder   19
Das Mehl des Teufels   31
Blitze   41
Die Altarkerze   53
Das Mädchen mit dem roten Haar   69
Cirottis Scheck   80
Die schwarz-weiße Katze   89
Die Untersuchung   99
Zahn um Zahn   107
Der Scherz   118
Der Analphabet   128
Der Mann ohne Kopf   139
Das Versprechen   154
Der Rohling   163
Die blonde Deutsche   177
Der lebende Leichnam   188
Weihnachten 1950   200

Das Kirchlein del Ponte

Man ließ Don Camillo in den Bischofssitz kommen, und Monsignore Contini empfing ihn, denn der alte Bischof war krank.

«Sie sollten mir alles über die Kirche del Ponte berichten», sagte Monsignore Contini zu Don Camillo.

Don Camillo hatte alles andere als eine derartige Frage erwartet, und er blieb steif wie ein getrockneter Stockfisch stehen.

«Die Kirche del Ponte?» stotterte er. «Verzeihen Sie, Monsignore, aber ich habe den Sinn Ihrer Worte nicht verstanden.»

«Das ist nicht schwer», erwiderte der Monsignore. «Sie wissen doch, daß es in Ihrer Pfarrei eine Kirche gibt, die del Ponte heißt?»

«Ja, Monsignore.»

«Also gut, erzählen Sie mir etwas über die Kirche del Ponte.»

Don Camillo dachte eine Weile nach und fing dann an zu erklären:

«Die Kirche, die man del Ponte nennt, war bis vor fünfzig Jahren die Pfarrkirche des Weilers Pioppetta. Dann wurde der Weiler, weil seine Bevölkerung zunahm, in das Dorf eingemeindet und die Gläubigen von Pioppetta wurden unsere Pfarrkinder. Das Kirchlein del Ponte aber blieb dem Gottesdienst geöffnet. Man zelebriert dort alljährlich am Kirchweihtag eine Messe, ein Fest, das auf Sankt Michael fällt. Das ist alles, was man über das Kirchlein del Ponte sagen kann.»

Der Monsignore schüttelte den Kopf.

«Nach dem, was ich darüber weiß», entgegnete er, «sollte man noch etwas anderes hinzufügen. Und zwar, daß die Gläubigen, die im Weiler Pioppetta wohnen, es um einiges bequemer hätten, wenn an jedem Sonntag im Kirchlein del Ponte eine Messe zelebriert würde. Stimmt das?»

«Zweifellos», antwortete Don Camillo, «Pioppetta liegt am äußersten Rande des Dorfes, und die Straße, die Pioppetta mit dem Dorf verbindet, ist wirklich schlecht und schwer begehbar. Es kostet oft große Mühe, besonders für die Alten, ins Dorf zu kommen, um der heiligen Messe beizuwohnen.»

«Also entspricht das, was uns bekannt ist, der Wahrheit», bemerkte der Monsignore. «Wir bedauern, daß Sie uns darüber nicht berichtet haben.»

Don Camillo hob die Schultern. «Monsignore», rechtfertigte er sich, «keiner der Gläubigen von Pioppetta hat mir je etwas darüber gesagt.»

«Einverstanden, doch da Sie sicher bemerkten, daß besonders zur Winterszeit viele Gläubige von Pioppetta bei der Messe fehlten, hätten Sie am zuständigen Ort darüber Bericht erstatten müssen. Auf jeden Fall hat man jetzt von dem Übelstand erfahren und wird ihn beseitigen. Die heilige Messe wird von nun an an jedem Sonntag und jedem gebotenen Feiertag auch im Kirchlein del Ponte gelesen.»

Don Camillo senkte den Kopf.

«Mit Gottes Hilfe wird das geschehen, was man mir sagt.»

«Mit der Hilfe Gottes und der des jungen Priesters, der mitwirken wird», ergänzte lächelnd der Monsignore. «Wir verlangen nur vernünftige Dinge.»

Don Camillo schaute ihn mit weit offenem Mund an.

«Aber das ist nicht nötig», brachte er schließlich heraus, «ich ...»

«Don Camillo», unterbrach ihn der Monsignore, «wir kennen genau Ihren großen guten Willen. Aber die Jahre gehen für alle vorbei. Sie sind nun wenn auch nicht alt, so doch schon reifer.»

«Ich?» rief Don Camillo aus und ließ seine Brust anschwellen. «Ich bin noch immer imstande, einen Kornsack von anderthalb Zentnern in den zweiten Stock zu tragen.»

«Ich zweifle nicht daran», entgegnete der Monsignore. «Aber hier geht es nicht um die Arbeit eines Lastenträgers, sondern um etwas, bei dem die Muskulatur nur zu einem gewissen Grad mitspielt.»

«Monsignore», protestierte Don Camillo, «ich glaube immer meiner Priesterpflicht nachgekommen zu sein.»

«Das glaube ich auch, Don Camillo. Aber wir können nicht verlangen, daß Sie mehr tun, als Ihre Pflicht ist. Uns genügt es, wenn Sie schlicht und einfach nur Ihre Pflicht tun. Wir werden Ihnen als Helfer einen jungen Mann voll Begeisterung und Intelligenz schicken, der Ihnen für die normale Arbeit der Pfarrei zur Hand gehen wird. Das Pfarrhaus ist groß, und reich ist auch die Großmut der göttlichen Vorsehung. Sie werden keine Schwierigkeiten haben, ihn gastfreundlich aufzunehmen.»

«Ich werde die Anordnungen ausführen, wie ich sie immer ausgeführt habe», antwortete Don Camillo.

Der Monsignore lachte. «Wie fast immer», präzisierte er. «Wir kennen doch Don Camillo gut, und wenn wir auch seinen Glauben schätzen, so können wir nicht ebensogut seine Disziplin schätzen. Don Camillo ist ein guter und braver Priester, ehrbar, aber etwas zu lebhaft. Oder irre ich mich?»

«Nein, Monsignore», bekannte Don Camillo freimütig, «ich gebe zu, daß ich auch meine schwachen Momente habe.»

«Reden wir nicht mehr davon», sagte der Monsignore herzlich. «Kehren Sie jetzt in Ihr Dorf zurück und sorgen Sie dafür, daß das Kirchlein del Ponte in Ordnung kommt, damit es so bald wie möglich seine Aufgabe wieder erfüllen kann.»

«Monsignore», antwortete Don Camillo, «als es nur um eine Messe im Jahr ging, habe ich es so eingerichtet, daß ich alles, was dazu nötig war, mitbrachte. Aber wie soll ich es jetzt schaffen? Dem Kirchlein fehlt einfach alles.»

«Aber in Ihrem Dorfe gibt es viele Leute, die nicht nur das zum Leben Notwendige haben, sondern viel mehr besitzen, als sie brauchen. Gehen Sie herum, klopfen Sie an die Türen derer, die spenden können. Erklären Sie ihnen, daß sie auch ihrem kranken Bischof eine Freude machen, wenn sie für das Kirchlein spenden.»

Don Camillo vergaß alles andere und sorgte sich nur noch um den alten Bischof.

«Monsignore, ist er wirklich so krank?»

«Krank ja, aber nicht besorgniserregend. Vor allem sollte man deswegen niemand in Aufregung versetzen. Eher als um eine eigentliche Krankheit handelt es sich um ein Altersgebrechen. Ihre Exzellenz braucht jetzt vor allem viel Ruhe und Entspannung. Er darf sich nicht aufregen, nicht um alles in der Welt.»

«Was das Kirchlein del Ponte angeht, braucht er sich wirklich nicht zu beunruhigen», sagte Don Camillo. «Es wird alles geschehen, was seine Exzellenz wünscht. Und wenn ich jemanden beim Genick packen muß.»

«Don Camillo!» warnte der Monsignore.

«Das war nur so hergesagt», erklärte Don Camillo schnell.

Das Kirchlein del Ponte befand sich wirklich in einem üblen Zustand. Mauern und Decken hielten noch gut, aber das Dach glich eher einem Sieb. Fast überall fehlte der Verputz, der Boden war uneben, die Bänke fielen auseinander. Auch wenn man die Restaurierung auf das Allernotwendigste beschränkte, so brauchte es doch einen Haufen Geld. Und um einen Haufen Geld zu finden, wie viel Haufen Geduld brauchte das? Don Camillo versuchte im Geist die Kosten zu überschlagen, und das Ergebnis erschütterte ihn.

«Ich werde meine ganze Geduld einsetzen», entschied er sich, «die göttliche Vorsehung wird das Übrige tun.»

Er begann seinen Rundgang und klopfte gleich an der falschen Türe, denn es handelte sich um Filotti, den größten Bauern der Gegend. Don Camillo erzählte ihm vom alten kranken Bischof, und daß man dem alten Bischof keine Sorgen machen dürfe, da er das Kirchlein del Ponte renoviert haben wolle.

Aber Filotti schüttelte den Kopf.

«Hochwürden, als Sie mich um Geld baten für die Armen und für den Kindergarten, habe ich Ihnen immer gegeben. Es tut mir leid, aber jetzt gebe ich nichts. Die Dorfkirche genügt vollkommen. Und erlauben Sie mir, daß ich keine Notwendigkeit sehe, Geld zu spenden, um die Propaganda gegen die Bauern zu finanzieren.»

Don Camillo schaute ihn verblüfft an.

«Das ist ja noch schöner. Sie haben gehört, daß ich Propaganda gegen die Bauern mache?»

«Hochwürden, Ihre privaten Angelegenheiten haben damit nichts zu tun. Ich weiß nur, was in euren Zeitungen steht und was ich von euren Deputierten und Senatoren höre.»

«Reden Sie keinen Blödsinn, Signor Filotti. Die Kirche hat weder Deputierte noch Senatoren.»

Filotti ließ sich nicht beeindrucken.

«Hochwürden, als die Zeit der Wahlen gekommen war, schienen Sie nicht dieser Meinung zu sein.»

Don Camillo setzte seinen Rundgang fort. Die zweite Türe, an die er klopfte, war die von Valerti. Valerti hörte sich ruhig alles an, was Don Camillo ihm zu sagen hatte und schüttelte dann den Kopf.

«Hochwürden, warum sollte ich Ihnen Geld geben? Damit dann in diesem Dorf nicht nur von einer, sondern gleichzeitig von zwei Kanzeln Anklagen und Drohungen auf uns ‹nostalgische Faschisten› herunterdonnern?»

Don Camillo blieb eine Antwort schuldig und machte sich wieder auf den Weg. Am dritten Ort war er nicht erfolgreicher. Denn als sie ihn angehört hatte, entgegnete ihm Signora Meghini resolut:

«Hochwürden, wenn Sie Hilfe brauchen, um eine zweite Kirche zu eröffnen, dann bitten Sie doch die Republikaner darum. Aber betteln Sie nicht bei den

Monarchisten, denen Sie die Absolution verweigert haben, weil sie für die Monarchie stimmten.»

Don Camillo verließ das Haus der Meghini und steuerte siegesbewußt auf das Haus von Moretti zu. Der war Grundbesitzer, aber entschieden klerikal. Moretti hörte ergeben die kurze Rede von Don Camillo an, dann seufzte er.

«Ich kann nicht nein sagen, weil es sich um den kranken Bischof handelt. Aber merken Sie sich wohl, ich tue es ausschließlich für diesen kranken Mann, den ich sehr verehre.»

«Schon gut», sagte Don Camillo, «aber ich versteh nicht recht, warum Sie solchen Wert darauf legen, Ihre Spende nur für den Bischof zu geben. Habe ich Ihnen etwas Unrechtes angetan?»

Moretti schüttelte den Kopf.

«Hochwürden, verstehen Sie mich. Ich sage das ganz allgemein. Die kommunistische Gefahr bekämpft man nicht, indem man gegen uns Grundeigentümer Propaganda macht.»

Don Camillo kassierte, was ihm Moretti gab, und klopfte an die nächste Türe. Perini öffnete persönlich, hörte sich besorgt Don Camillos Worte an und antwortete dann:

«Hochwürden, es tut mir leid, daß ich sehr wenig tun kann. Sie wissen, daß meine Familie und ich schlecht und recht von dem Wenigen leben, das wir täglich verdienen. Dennoch – hier ist meine bescheidene Gabe, mit der Hoffnung, daß wenigstens der Pfarrer der Kirche del Ponte ein Priester sein wird, der mit der Zeit geht.»

Don Camillo blickte ihn erstaunt an.

«Der mit der Zeit geht? Wie ist das gemeint?»

«Es ist so gemeint, daß man sich heute ins Gehirn hämmern muß, daß die Welt links gerichtet ist und daß alle wahren militanten Katholiken, wie ich einer bin, eine soziale Politik verlangen. Solange der Klerus das nicht begriffen hat, wird der Kommunismus immer mehr an Boden gewinnen. Und der Kommunismus ist etwas schrecklich Ernstes, lieber Don Camillo. Bilden Sie sich ja nicht ein, daß die Kommunisten alle so sind wie der Bürgermeister Peppone.»

Don Camillo antwortete, daß er sich überhaupt keine Illusionen mache, und verabschiedete sich. An wieviel Türen hatte er angeklopft? An hundert Türen, und alle Leute, denen er seine Bitte vortrug, antworteten wie Filotti oder Signora Meghini oder wie Moretti oder Perini.

Am Ende seines Bettelganges, der mehrere Tage dauerte, klagte Don Camillo dem Gekreuzigten am Hochaltar sein Leid.

«Jesus», sagte er, «die Besitzenden tadeln mich, weil sie sagen, daß ich Propaganda gegen sie mache. Die Armen klagen mich an, weil sie sagen, daß ich für die Besitzenden bin. Die Weißen tadeln mich, weil ich zu schwarz bin, die Schwarzen, weil ich zu weiß bin. Die einen behaupten, ich ginge zu sehr nach rechts, die anderen, ich ginge zu sehr nach links. Die Roten wollen überhaupt nichts von mir hören. Jesus, bin ich also der schlechteste Diener Gottes geworden?»

Christus seufzte, dann antwortete er: «Don Camillo, du bist ein ausgezeichneter Jäger und ein ausgezeichneter Fischer, nicht wahr?»

«Ja, Herr.»

«Und du bist ganz sicher, daß du für die Fische die

Angel und für die Vögel das Gewehr gebrauchen mußt?»

«Ja, Herr.»

«Und wenn du eines Tages die Fische am Himmel fliegen sähest und die Vögel unter Wasser schwimmen, was würdest du dann tun? Würdest du dann weiter mit dem Gewehr jagen und mit der Angel fischen?»

«Nein, Herr, ich würde mit der Angel jagen und mit dem Gewehr fischen.»

«Da haben wir es, Don Camillo. Hier steckt der Fehler. Denn so würdest du sowohl als Jäger wie auch als Fischer irren.»

«Jesus», gab Don Camillo zu, «ich verstehe nicht.»

«Viele verstehen nicht, denn sie schauen auf die Worte und nicht auf die Substanz der Dinge.»

Don Camillo konnte nur so viel Geld zusammenkratzen, daß es gerade genügte, um das Dach des Kirchleins del Ponte zu restaurieren. Und so machte er sich ganz traurig auf, im Bischofssitz Bericht zu erstatten.

«Macht nichts, Don Camillo», versicherte ihm dort der Monsignore, «an das übrige wird die göttliche Vorsehung denken.»

Als Don Camillo das Dach hatte flicken lassen, trafen aus der Stadt tatsächlich die nötigen Gelder für die restliche Restauration ein, und in einem Monat war das Kirchlein del Ponte bereit.

Nachdem das Gotteshaus herausgeputzt war, überbrachte Don Camillo dem Monsignore die frohe Botschaft.

«Am Sonntag werden Sie im Kirchlein die erste reguläre Messe feiern», erklärte ihm darauf der Monsignore.

Don Camillo freute sich.

«Also haben Sie beschlossen, daß ich alles allein erledige?»

«Nein, Don Camillo, das wäre eine zu große Belastung für Sie. Ihr junger Mitarbeiter wird morgen ins Dorf kommen. Aber an den nächsten Sonntagen werden Sie im Kirchlein del Ponte den Gottesdienst abhalten. Danach werden Sie wieder in Ihrer Kirche die Messe lesen, dann wieder im neuen Kirchlein. Und das wird für die kurze Zeit so fortdauern, die für eine definitive Regelung notwendig ist.»

«Ich verstehe den Grund für dieses Hin- und Hergetausche nicht, Monsignore», stammelte Don Camillo.

«Das ist ganz einfach», erklärte der Monsignore. «Ich kenne die Mentalität der Landbewohner sehr wohl. Alles Neue wird mit Mißtrauen und Feindseligkeit aufgenommen. Daher wären auch die Gläubigen von Pioppetta fähig, lieber den gewohnten langen und mühseligen Weg ins Dorf zu gehen, nur um der Messe des neuen Priesters nicht beiwohnen zu müssen. Wenn Sie die Messe im Kirchlein del Ponte lesen, kommen die von Pioppetta bestimmt. Und wenn die Leute ihre neue Kirche dann lieben, werden sie auch dorthin kommen, wenn der neue Priester die Messe lesen wird. Seine Exzellenz der Bischof wünscht, daß es so geschehe.»

Don Camillo senkte demütig den Kopf.

«Monsignore, könnte ich nicht mit Ihrer Exzellenz reden?» fragte er schüchtern.

«Der Bischof ist sehr krank. Er braucht absolute Ruhe. Er darf mit niemandem reden.»

«Es würde mir genügen, ihm gute Besserung zu wünschen.»

«Der Bischof kann niemandem zuhören – zuhören ermüdet ihn. Er darf nicht reden, er darf nicht lesen. Er ist sehr krank, der arme verehrungswürdige Mann.»

Don Camillo seufzte. «Monsignore, in welchem Zimmer liegt er? Beim Hinausgehen würde ich gerne zu seinem Zimmer hinaufschauen.»

«Es ist im zweiten Stock, aber es ist ein inneres Zimmer, das gegen den Garten hinausgeht. Er darf keinen Lärm hören. Er hat sehr schwache Nerven. Ich werde einen geeigneten Augenblick abwarten und ihm Ihre Gute-Besserung-Wünsche überbringen, Don Camillo.»

Don Camillo senkte den Kopf. «Danke, Monsignore.»

Dann ging er hinaus und stieg langsam die majestätische Freitreppe hinunter. Als er unten den einsamen Vorplatz erreichte, hielt er einen Augenblick an, bevor er aus dem Tor trat. Er wartete und schaute sich den großen viereckigen Hof an, der wie ein Kreuzgang ringsum Lauben hatte. Mitten im Bogengang, dem Eingang gegenüber, war das Eisengitter, das in den Garten führte. Rasch entschlossen durchquerte Don Camillo den viereckigen Hof und trat an die eiserne Tür. Sie war geschlossen, aber Don Camillo öffnete sie mit einem Schulterstoß.

Der Garten war verwahrlost, von hohen Mauern umgeben und überall lag noch Schnee. Don Camillo hob die Augen und blickte auf die lange Fensterreihe im zweiten Stockwerk. Welches Fenster gehörte wohl zu dem Zimmer des alten Bischofs? Er hatte große Lust zu schreien, aber er getraute sich nicht. Er blieb und wartete hinter dem großen Stamm eines kahlen schwarzen Baumes und hoffte, daß sich dort oben etwas rühre.

Aber nichts rührte sich, und nachdem er lange vergeblich gewartet hatte, verließ er den Ort mit nassen Füßen und erfrorenem Herzen.

Bei Philippi sehen wir uns wieder

Don Camillo wartete geduldig, daß ihm der junge Mann wieder einmal in die Quere lief.

Er mußte lange warten, aber das Warten war nicht umsonst, denn eines schönen Morgens erschien der junge Mann im Pfarrhaus.

«Hochwürden, gibt's irgendeine Programmänderung oder geschieht alles wie in den vergangenen Jahren?»

«Alles genau wie in den letzten Jahren», antwortete Don Camillo. «Ausgenommen eine Kleinigkeit: keine Musikkapelle in der Prozession.»

Die Kleinigkeit verschlug dem jungen Mann den Atem, denn der junge Mann hieß Tofini und dirigierte die Dorfmusik.

«Keine Kapelle», stammelte Tofini. «Und warum?»

«Direktiven von oben», antwortete Don Camillo, während er die Arme ausbreitete.

Tofini traute seinen Ohren nicht.

«Soll das heißen, daß die Kapelle bei den Prozessionen nicht mehr spielen kann?» rief er aus.

«Nein», erläuterte Don Camillo mit erschreckender Ruhe, «ich will damit sagen, daß *Eure* Kapelle nicht mehr in *meiner* Prozession spielen kann.»

Die Musikkapelle, die Tofini dirigierte, hieß «La Verdiana», aber musikalisch ausgedrückt, war es eine Kapelle, die aus dem Takt geraten war. Trotzdem war diese Kapelle nicht schlechter als die anderen Dorfkapellen der Gegend. Und keinem wäre es je in den Sinn gekommen, daß man die «Verdiana» durch eine andere Musikergruppe ersetzen könnte, weder in den Prozessionen noch bei Begräbnissen oder an den patriotischen Feiern, die im Dorfe stattfanden.

Tofini war mehr als erstaunt.

«Hochwürden, gestern waren wir noch gut genug, und heute will man uns nicht mehr. Was bedeutet das? Können wir plötzlich nicht mehr spielen?»

«Das konntet Ihr nie, aber der Grund ist ein anderer, und Ihr kennt ihn besser als ich.»

«Wir wissen von nichts, Hochwürden.»

«Dann erkundigt Euch mal ringsum und laßt Euch erzählen, wer diejenigen waren, die vor zwei Monaten auf der Piazza die *Bandiera rossa* gespielt haben.»

Tofini blickte Don Camillo verwundert an.

«Hochwürden, das waren wir, aber ich kann daran nichts Schlechtes finden.»

«Ich dagegen finde was daran.»

Tofini protestierte:

«Hochwürden, Ihr kennt uns gut. Ihr wißt, daß keiner von uns sich je politisch betätigt hat. Wir spielen für den, der zahlt. Der Bürgermeister hat uns für ein Konzert auf der Piazza engagiert, und wir haben Opernstücke und Märsche gespielt. Dann fingen alle an zu schreien, sie wollten die *Bandiera rossa* hören. Darauf hat uns der Bürgermeister befohlen, die *Bandiera rossa* zu spielen, und so haben wir die *Bandiera rossa* gespielt.»

«Und wenn sie von Euch die *Giovinezza* oder den *Marcia Reale,* den Königsmarsch, verlangt hätten, hättet Ihr die auch gespielt?»

20

«Nein, diese Sachen sind vom Gesetz verboten. Die *Bandiera rossa* ist nicht vom Gesetz verboten.»

«Aber vom Gesetz der Kirche ist es verboten», erwiderte Don Camillo. «Wenn du also die Gesetze des Staates respektierst, aber nicht die Gesetze der Kirche, so heißt das, daß du ein guter Bürger bist, aber ein schlechter Christ. Als guter Bürger kannst du weiter auf der Piazza spielen, aber als schlechter Christ kannst du nicht weiter für die Kirche spielen.»

Tofini fühlte sich als Opfer einer bitteren Ungerechtigkeit und rebellierte.

«Hochwürden, das ist keine Art zu argumentieren. Jeder übt sein Handwerk aus, das ihn ernährt, und wenn es wahr wäre, daß jeder, der für die Kommunisten arbeitet, ein schlechter Christ ist, wo kämen wir da hin? Die Drucker könnten keine kommunistischen Zeitungen mehr drucken, und die Apotheker dürften den Kommunisten keine Medikamente mehr verkaufen. Wenn einer nur einfach seinen Beruf ausübt, dann haben Politik und Religion damit nichts zu tun. Ist einer Arzt, kuriert er die Kranken, und nicht die Kommunisten oder Liberalen. Ist einer Drucker, druckt er Zeitungen oder Bücher für einen Kunden; er macht keine Propaganda. Wenn wir spielen, machen wir Musik gegen Bezahlung, wir üben bloß unser Musikanten-Handwerk aus. Die *Bandiera rossa* oder die Wilhelm Tell-Ouvertüre sind für uns einerlei. Die Noten sind zwar anders zusammengestellt, aber für uns sind es immer die gleichen: *do, re, mi, fa, sol, la, si.*»

Tofini war nicht auf den Mund gefallen, und er konnte reden.

Auch Don Camillo war nicht auf den Mund gefallen.

«Stimmt, da sie vom Gesetz nicht verboten sind, ist ein Musikstück das andere wert. Wenn ich also damals auf der Piazza aufgetaucht wäre und dich gebeten hätte, nach der *Bandiera rossa* auch *Biancofiore* zu spielen, hättest du es gespielt?»

Tofini zuckte die Achseln.

«Um mir dafür eine Tracht Prügel einzuhandeln?»

Don Camillo lächelte.

«Und? *Biancofiore* ist kein vom Gesetz verbotenes Musikstück. Warum hättest du es nicht gespielt?»

«Wenn mich die Roten bezahlen, kann ich doch nicht die Hymne ihrer Gegner spielen!»

«Genau! Wenn du aber so argumentierst, dann machst du nicht mehr Musik, dann machst du Politik im eigentlichsten und schmutzigsten Sinn des Wortes. Du bist dir des politischen und also auch propagandistischen Wertes dessen bewußt, was du spielst. Und wenn du akzeptierst, die *Bandiera rossa,* das Lied der Exkommunizierten zu spielen, bist du nicht nur ein schlechter Mensch, sondern auch ein schlechter Christ.»

«Schöne Theorie, aber die Praxis ist ganz anders. Man muß dabei bedenken, daß man ja schließlich auch leben muß!»

«Im Gegenteil, man müßte bedenken, daß man sterben muß, und daß die Rechnung beim ewigen Vater wichtiger ist als die Rechnung im Laden nebenan beim Kaufmann.»

Tofini grinste.

«Pech, Hochwürden. Der ewige Vater kann warten, der Kaufmann aber nicht, und wenn ich die Rechnung nicht bezahle, eß' ich nicht!»

«Glaubst du, daß ein guter Christ so argumentiert? So

argumentiert ein armer Teufel, der sich arrangieren muß, um zu überleben. Einverstanden, es gibt arme Teufel wie du, die sich arrangieren, um zu überleben, die aber keine schlechten Christen sind wie du. Warum sollte ich dir helfen statt ihnen? Bei den Prozessionen und Beerdigungen wird in Zukunft nicht deine ‹Verdiana› sondern an ihrer Stelle werden die Kapellen von Torricella, Gaggiolo und Rocchetta spielen. Nichtsnutze wie du, aber mit besserem Benehmen.»

Beim bloßen Gedanken, all seine Aufträge bei Prozessionen und Beerdigungen zu verlieren, wurde Tofini wütend, und sobald er das Pfarrhaus verlassen hatte, lief er zu Peppone und erzählte ihm nach Luft schnappend die ganze Geschichte.

Daraufhin suchte Peppone Don Camillo auf.

«So weit sind wir also gekommen, daß man den armen Teufeln die Arbeit wegnimmt, nur weil sie auf der Piazza die Hymne einer erlaubten Partei gespielt haben!» schrie Peppone aufgebracht.

«Das weiß ich nicht, Herr Bürgermeister. Bei mir ist ein solcher Fall nie vorgekommen, denn meine Vorgesetzten haben mir immer die richtigen Befehle erteilt», erwiderte Don Camillo ruhig.

Peppone ballte die Fäuste.

«Unnötig den Geistreichen zu spielen, Hochwürden mit wenig Würde. Wenn die da oben kein Gewissen haben – ich habe eins. Und ich kann niemals zulassen, daß durch meine Schuld ein armer Kerl geschädigt wird.»

«Durch deine Schuld? Dich trifft keine Verantwortung, Herr Bürgermeister. Du hast ja nicht die *Bandiera rossa* gespielt, die Kapelle vom Tofini hat das Lied gespielt. Und eben deshalb muß ich die ‹Verdiana› durch eine andere Kapelle ersetzen.»

Don Camillo blieb ruhig, aber bestimmt.

«Bei Philippi sehen wir uns wieder!» sagte Peppone, während er zur Tür ging. Und er sagte es mit so viel Stolz und Entschlossenheit, daß das bedauerliche Unglück, dessen Opfer die Stadt Philippi wurde, von untergeordneter Wichtigkeit schien.

Don Camillo ließ sich Zeit und wartete bis zuletzt, um eine Musikkapelle zu engagieren.

Das war unklug, denn nachdem er die ganze Gegend abgeklopft hatte, kehrte er mit lauter Körben zurück. Alle drei Dorfkapellen waren genau auf den Tag der Prozession bestellt worden. Und als Don Camillo seine Suche auf die benachbarten Gemeinden ausdehnte, ging es ihm nicht besser: Ausgerechnet für jenen Tag waren auch da alle Musikkapellen besetzt.

Don Camillo wollte es nicht glauben und machte sich noch einmal auf den Weg, um weitere Erkundigungen einzuziehen. Schließlich fand er einen Dirigenten, der, in die Enge getrieben, gestand:

«Hochwürden, wir machen unsere Runden, um zu spielen, und nicht um verprügelt zu werden.»

«Hat Euch jemand bedroht?»

«Nein, wir haben nur freundschaftliche Ratschläge bekommen.»

Ziemlich betrübt kehrte Don Camillo nach Hause zurück.

Bei Philippi sehen wir uns wieder. Philippi war jetzt da, denn übermorgen abend sollte die Prozession stattfinden, und Don Camillo hatte niemanden aufgetrieben, der sich zu spielen bereitgefunden hatte. Nun wußte er nicht mehr, wo ihm der Kopf stand. Da er aber so todmüde war, daß ihm die Augen zufielen, warf er den Kopf auf das Kissen und schlief ein.

Er verbrachte die Nacht voller Träume, die alle mit Musik untermalt waren, und am Morgen stand er erschöpfter und gereizter auf, als er ins Bett gegangen war.

Gegen zehn Uhr betrat Tofini das Pfarrhaus.

«Hochwürden, man hat mir gesagt, daß Ihr mich sucht», sagte Tofini.

Don Camillo schüttelte den Kopf.

«Das ist ein Irrtum, Tofini. Ihr sucht *mich*. Aber Ihr habt mich nicht gefunden.»

«Sei's drum», sagte Tofini. «Auf jeden Fall stehe ich zu Eurer Verfügung. Wenn Ihr mich braucht, wißt Ihr, wo Ihr mich finden könnt.»

«Steht nur zur Verfügung des Herrn Bürgermeisters. Ich brauch' Euch nicht.»

Am Nachmittag wurde es im Dorf unruhig. Jedes Jahr war es so am Tag der nächtlichen Prozession der Madonna. In den frühen Nachmittagsstunden gerieten alle in Aufregung. Alle Fenster öffneten sich, an jedem Fenster sah man geschäftig hantierende Leute, die Beleuchtungen und Dekorationen aufhängten: Papierlampions, Sterne aus Glühbirnen, Laternen, Kerzen, Öllämpchen. An jedem Fenster mußte am Abend der Prozession etwas leuchten und funkeln. Und von jedem Fenstersims mußte etwas herunterhängen. Ein rotes Damasttuch mit Goldfransen, ein Teppich, eine Girlande aus echten oder papierenen Blumen, eine Bettdecke, ein Leintuch oder ein Bettvorleger.

Es konnte einem warm ums Herz werden, wenn man an jenem Abend durch die Straßen ging. Und das rührendste Spektakel boten die Fenster der ärmlichen Häuser, die weniger geschmückt waren als die andern. Denn wo das Geld fehlt, muß man das Gehirn anstrengen, und das Gehirn zählt immer mehr als das Geld.

Das Dorf begann also in den ersten Nachmittagsstunden unruhig zu werden und blieb unruhig während der ganzen Dauer des Fensterschmückens. Dann beruhigten sich die Leute. Aber es war eine scheinbare Ruhe, denn in allen Köpfen schwirrten brennende Fragen herum: «Wie würde Don Camillo es schaffen? Würde er hart bleiben und auf die Musik an der Prozession verzichten? Und das Volkshaus? Würden die im letzten Moment einlenken wie im Vorjahr? Oder würden sie heuer stur bleiben?»

Im Vorjahr war das Volkshaus das einzige Gebäude im Dorf gewesen, das, abgesehen von den paar Minuten vor dem Eintreffen der Prozession, keinerlei Lichter an den Fenstern hatte. Vielmehr waren alle Fensterläden geschlossen, und das Haus ließ düstere Todesgedanken aufkommen.

Als sich aber die Prozession in Bewegung setzte, öffnete sich ein Fenster im ersten Stock, und jemand hängte am Fenstersims einen Stern aus weißen, roten und grünen Glühbirnen auf.

Sobald die Prozession vorbei war, hatte man den Stern wieder hereingeholt.

Was würde diesmal geschehen?

Im Dorf funktionierte der *Stern-Toto,* und es gab drei Möglichkeiten: «Sie hängen ihn heraus wie letztes Jahr. Sie hängen überhaupt nichts heraus. Sie hängen ihn heraus, aber mit lauter roten Lampen statt solchen in dreierlei Farben.»

Don Camillo dachte an eine vierte Möglichkeit:

Sie hängen ihn heraus mit roten Glühbirnen und einem Stalinbild in der Mitte, und kaum hat Don Camillo das gesehen, wird er fuchsteufelswild, weil er eine musiklose Prozession über sich ergehen lassen muß, hält an und ...

Don Camillos Hypothese ließ die eventuellen Ereignisse, die sich aus diesem Halt ergeben konnten, außer acht. Er wußte, daß er anhalten würde, wenn die vom Volkshaus ihn provozierten. Er wußte aber nicht, was er nach diesem Halt sagen oder tun würde. Dieses Unbekannte erfüllte ihn mit ängstlicher Besorgnis.

Der Abend brach herein, und als die Glocken läuteten, erstrahlten alle Fenster in hellem Licht.

Alle, ausgenommen die vom Volkshaus.

Die Prozession setzte sich in Bewegung. Die Kinder und die Frauen begannen *Schau auf dein Volk* zu singen.

Aber wie trübsinnig hörte sich der Gesang an, der sich in den stillen Abendhimmel erhob. Die andern Male hatten die Trompeten Tofinis die Stimmen verstärkt, so daß sie zu einem einzigen mächtigen Klang verschmolzen. Jetzt aber waren die Stimmen nicht imstande, sich zu einer soliden Klangmauer zu formen. Es fehlte Tofinis Zement.

Die Leute fühlten sich unbehaglich, und je mehr sich der Zug dem Volkshaus näherte, desto mehr nahm dieses Unbehagen zu. Denn es war nun offensichtlich, daß sie dieses Mal nicht einmal den Stern herausgehängt hatten.

Schon war die Spitze der Prozession nur noch zehn Meter vom Volkshaus entfernt, und Don Camillo murmelte:

«Herr, ob rot oder grün oder gelb, mach, daß der Stern herauskommt. Wenn nicht der Stern, dann wenigstens eine Glühbirne, denn dieses geschlossene finstere Haus erweckt in mir den beängstigenden Gedanken, einer Welt anzugehören, die außerhalb der Gnade Gottes steht. Jesus, laß hinter den Fenstern wenigstens *ein* Licht aufleuchten, das uns sagt, daß die göttliche Gnade jenes Haus nicht verlassen hat ... Ich weiß nicht, ob ich mich richtig ausdrücke, Jesus. Ich weiß nur, daß ich vor dieser Finsternis Angst habe.»

Die Spitze der Prozession passierte die Tür des Volkshauses. Es waren keine Lebenszeichen festzustellen.

Nun gab es keine Hoffnung mehr, und die Prozession zog langsam weiter. Gerade war man im Begriff, das Bild der Madonna an dem dunklen Haus vorbeizutragen, und man konnte nicht erwarten, daß jetzt noch ein Wunder geschah.

Und in der Tat, es geschah kein Wunder.

Es geschah ganz einfach, daß alle Fenster sich auftaten und die Nacht mit einer Lichterflut überschwemmten. Im selben Augenblick wurden vom Sportplatz des Volkshauses aus ganze Bündel von Raketen abgefeuert, die hoch im Himmel explodierten. Und im gleichen Augenblick setzten die vier Dorfkapellen von Torricella, Gaggiolo, Rocchetta und Tofini, die versteckt im Hof gewartet hatten, mit den Klängen von *Schau auf dein Volk* ein.

Die Raketenbündel jagten einander in schnellem Rhythmus, und der Himmel glich einem richtigen Farbfilm. Die Augen der Leute verloren sich im Himmel, in ihren Ohren dröhnte das Blech der Instrumente und der laute Knall der Raketen, so daß sie überhaupt nichts mehr verstanden.

Der erste, der sich wieder fing, war Don Camillo. Und als er sich gefangen hatte, stellte er mit Schrecken fest, daß die Prozession, und seit einer Weile auch die Madonna, genau vor dem Volkshaus hielt.

«Vorwärts!» brüllte Don Camillo.

Der Zug nahm seinen Marsch wieder auf, und der Gesang schwoll an. Tausend Stimmen hatten sich zu einer einzigen Stimme verschmolzen, begleitet von vier Dorfkapellen, von denen jede die lauteste sein wollte.

«Jesus», sagte Don Camillo und hob die Augen zum Himmel, «all dies haben sie nur organisiert, um mich zu ärgern!»

«Wenn sie, um dich zu ärgern, die Muttergottes feiern, warum sorgst du dich?»

«Jesus», keuchte Don Camillo, «sie wollen damit niemand Ehre erweisen. Sie machen das nur, um die Leute zu täuschen.»

«Mich können sie nicht täuschen, Don Camillo.»

«Ich habe verstanden, Herr», schnaufte Don Camillo wieder, ich hab' mich also geirrt! Also war es falsch von mir, die Musikkapelle, die die *Bandiera rossa* gespielt hat, für meine Prozession abzulehnen.»

«Du hast dich nicht geirrt, Don Camillo. Das beweist allein schon die Tatsache, daß heute Abend nicht eine, sondern vier Dorfkapellen spielen, um der Mutter Gottes die Ehre zu erweisen.»

«Jesus», beharrte Don Camillo, «meiner Meinung nach liegt der Grund dafür in der neuen Politik Rußlands.»

«Don Camillo», antwortete Christus, «meiner Meinung nach liegt der Grund dafür darin, daß Peppone nicht Rußland ist.»

Im Grunde genommen dachte Don Camillo dasselbe und dankte in seinem Herzen, daß die politischen Verhältnisse auf der Landkarte so und nicht anders waren.

Das Mehl des Teufels

Don Camillo ging zum Hochaltar und klagte Christus sein Leid.

«Jesus», sagte er, «du hättest diesem Gesindel Hagelkörner so groß wie Eier schicken sollen. Es ist schade, ihnen Gutes zu tun.»

«Es schadet nie, Gutes zu tun», antwortete Christus. «Es nicht zu tun, wenn man Gelegenheit dazu hat, das schadet.»

«Eben. Sie haben noch nie so viel Weizen gehabt wie dieses Jahr, und noch nie hab' ich so viel Mühe gehabt, für die Kleinen vom Kinderheim Weizen zu bekommen. Acht Kilo, zehn Kilo, fünf Kilo. Und das von Leuten, die bis zu sechzehn Doppelzentner Weizen pro Tagwerk ernten. Hatte der Filotti doch die Stirn, mir dreißig Kilo anzubieten. Fast hätt' ich sie ihm ins Gesicht geschmissen. Hab' ich nicht recht, darüber empört zu sein?»

«Nein, Don Camillo. Wer sich von der Wut übermannen läßt, ist immer im Unrecht. Geduld und Demut sollten deine Devise sein.»

«Jesus, verzeih mir, aber aus Geduld und Demut kann man kein Brot backen.»

«Gewiß, Don Camillo. Wenn Geduld und Demut nicht vom Glauben an die göttliche Vorsehung getragen sind, helfen sie nicht viel.»

Don Camillo begriff die Lektion.

«Jesus», stimmte er zu, «ich lasse das Pferd aus-
schnaufen, und dann setze ich meine Rundfahrt fort.»

Es war ein Nachmittag Ende Juli, und die Hitze
verschlug einem fast den Atem. Don Camillo tränkte
das Pferd, stieg auf den zweirädrigen Karren, öffnete
den grauen Sonnenschirm und holperte los.

Als er aus dem verlassenen Dorf hinausfuhr, nahm er
sofort die Straße nach Chiavica, und nach hundert
Metern hörte er die Dreschmaschine in einem nahen
Bauernhof dröhnen.

«Herr», sagte Don Camillo, «laßt mich in einem Haus
beginnen, das nicht den Tobazzis gehört. Sie sind gerade
am Dreschen, alle sind sehr beschäftigt, und ich würde
sie bloß stören. Ich werde bei ihnen vorbeigehen, wenn
sie mit dem Dreschen fertig sind.»

In Wahrheit hatte Don Camillo nicht die leiseste
Absicht, die Tobazzis aufzusuchen, weder nach dem
Dreschen noch sonst.

Die Tobazzis waren Leute, die man besser links liegen
ließ.

Unhöfliches Pack und alle rot wie die Hölle.

Kurz bevor er an dem Bauernhof vorbeikam, drehte
Don Camillo seinen Sonnenschirm so, daß er so gut
wie möglich vor den Leuten, die mitten im Staub der
Dreschmaschine fluchend arbeiteten, verborgen blieb.
Um schneller vorbeizufahren, gab er dem Pferd einen
leichten Schlag mit der Peitschenspitze.

Aber gerade als Don Camillo sich für die bestandene
Gefahr gratulieren wollte, brüllte eine Stimme hoch von
der Dreschmaschine herunter:

«Mach dich an die Arbeit!»

Das Pferd hielt sofort an. Don Camillo schloß den

Sonnenschirm, stieg vom Karren und ging langsam, aber
entschlossen auf die Dreschmaschine zu.

‹Geduld und Demut seien deine Devise, Don
Camillo.› Christi Worte kamen ihm in den Sinn und
machten, daß Don Camillos Gang ruhiger und besonne-
ner wurde. Geduld und Demut.

«Guten Tag», sagte er herzlich, als er unter der Dreschmaschine stand.

Der Chef der Tobazzis, der die Weizengarben in das
eiserne Maul der Dreschmaschine warf, hielt einen
Moment ein und schaute herab.

«Ich bin gerade unterwegs, um etwas Weizen für die
Kleinen vom Kinderheim zu sammeln», erklärte Don
Camillo. «Wenn es aber darum geht, bei der Arbeit
Hand anzulegen, da bin ich. Was gibt's zu tun?»

Einige der Helfer grinsten.

«Hier schwitzt man!» antwortete Tobazzi.

«Wenn es heiß ist, schwitzt man überall», erklärte
Don Camillo.

Vor der Luke stand eine lange Reihe gefüllter Korn-
säcke, und verstaubte, schweißtriefende Männer luden
die Säcke auf die Schultern und trugen sie in die
Scheune.

Don Camillo trat näher heran und beobachtete dieses
lärmige Kommen und Gehen.

«Üble Sache für den, der kein geöltes Rückgrat hat!»
schrie Tobazzi, und seine ganze Mannschaft lachte laut.

«Ist es schwer?» fragte Don Camillo zwei Kerle, die
die Säcke vom Boden hoben und sie auf die Schultern
der Träger wuchteten.

«Schwerer als Messe lesen», antwortete der eine der
beiden.

«Ich möcht' es mal probieren», sagte Don Camillo und hielt seinen Buckel hin.

Ein paar Augenblicke lang waren die zwei ganz perplex, dann hoben sie einen Sack.

Als Don Camillo den Sack auf dem Rücken hatte, fragte er:

«Und was geschieht jetzt?»

«Jetzt wird's schwierig», grinste Tobazzi, «jetzt müßte man den Sack die Treppe zum Speicher hinauftragen.»

Don Camillo setzte sich in Bewegung. Als er die Luke erreicht hatte, kletterte er die Treppe hoch und verschwand.

Nach einigen Minuten tauchte er wieder auf, noch immer den vollen Kornsack auf den Schultern.

«Entschuldigt, ich habe vergessen zu fragen, was man tun muß, wenn man auf dem Speicher angekommen ist.»

Die Leute grinsten, aber auf andere Art als vorhin, was den Tobazzi etwas ärgerte.

«Wenn man auf dem Speicher oben ist», antwortete Tobazzi angriffig, «sollte man den Sack ausleeren. Und wenn es einer schafft, sollte er herunterkommen und die ganze Geschichte mit einem anderen Sack wiederholen.»

«Kapiert», brummte Don Camillo. «Das heißt, daß ich das erste Mal umsonst auf den Speicher gegangen bin. Ich werde es also beim zweiten Aufstieg wieder gutmachen.»

Er trat an die Männer heran, die den Trägern halfen, die Säcke auf die Schultern zu heben.

«Legt mir bitte noch einen weiteren Sack auf.»

Alle hörten auf zu arbeiten und blieben abwartend stehen. Die zwei Kerle schauten sich an, dann luden sie einen zweiten Sack auf Don Camillos linke Schulter.

«Jetzt bin ich viel besser ausbalanciert. Vorher hing ich ganz nach rechts, und das war etwas mühsam.»

Ruhigen und sicheren Schrittes stapfte er los und verschwand unter der Luke. Nach einigen Augenblicken erschien er wieder.

«Ist das alles?» fragte er die Männer bei den Säcken.

Die zwei schwiegen verlegen.

«Messe lesen ist schwieriger», meinte Don Camillo.

Niemand lachte, obwohl sie alle genau hingehört hatten.

«Es braucht nicht viel, den Kraftprotz zu spielen», rief Tobazzi. «Schwieriger ist's, weiterzumachen.»

Camillo ließ sich zwei weitere Säcke auf den Buckel laden und schritt auf die Scheune zu.

Nach drei oder vier Gängen wandte er sich an Tobazzi:

«Weitermachen ist auch nicht schwer. Aber gib mir lieber Antwort auf eine Frage: Arbeiten die Sackträger umsonst, oder bekommen sie einen Lohn? Wenn man dafür einen Lohn bekommt, würde ich gerne weitermachen. Ich spüre, daß es mir gut tut.»

Tobazzi schrie von der Dreschmaschine herunter:

«Vielen Dank, aber wir schaffen es allein. Wir brauchen keine Hilfe.»

«Gut, aber wenn ich schon mal hier bin, möchte ich die Gelegenheit benützen. Ich sammle Korn für die Kleinen vom Kinderheim. Wächst bei euch auch was davon?»

Tobazzi schüttelte den Kopf.

«Ich bin nur Halbpächter und kann den Weizen nicht mal anrühren, bevor ich mit dem Verwalter des Grundbesitzers abgerechnet habe. Ich hab' aber noch einen halben Sack Mehl vom Vorjahr. Es ist besser als frisches.»

Don Camillo antwortete, er sei Tobazzi sehr verbunden.

«Gott sei's gedankt, daß ich nicht vergeblich geblieben bin.»

Tobazzi rief einen seiner Söhne und brummelte etwas. Der junge Mann lief weg und kehrte alsbald mit einem Sack zurück, den er Don Camillo zu Füßen stellte.

Tobazzi knüpfte die Sackschlaufe auf, nahm eine Handvoll Mehl heraus, roch daran und zeigte es Don Camillo:

«So ein Mehl findet man nirgends.»

Es war wunderbares Mehl, frisch und duftend. Don Camillo packte den Sack, warf ihn über die Schulter und ging fröhlich weg, als sei's gerade Ostern.

Nachdem er auf den Karren geklettert war, machte er rechtsum kehrt. Er war vor Müdigkeit wie erschlagen und hatte keine Lust mehr weiterzufahren. Er hatte nur noch den dringenden Wunsch, sich auf ein Bett zu werfen und zu schlafen.

Aber als er beim Pfarrhaus angekommen war, war sein erster Gedanke, Christus zu danken, und nachdem er den Sack geschultert hatte, betrat er schnurstracks die Kirche.

«Jesus», sagte er vor dem Hochaltar, «du hast immer recht. Mit Geduld und Demut, getragen vom Glauben an die göttliche Vorsehung, kann man tatsächlich Brot machen.»

Er zeigte Christus den Sack, den er auf die Stufe der Balustrade gestellt hatte.

«Don Camillo», antwortete Christus, «bist du wirklich sicher, daß es ein Akt der Demut ist, mit der eigenen Körperkraft zu protzen, um damit deine Nächsten zu demütigen?»

«Herr, nicht die körperlichen Kräfte zählen, sondern die moralischen. Es war ein Akt tiefer Demut, genügend Körperkraft zu besitzen, um einen miesen Burschen an die Wand zu drücken, und diese Kraft geduldig anzuwenden, um diverse Zentner Weizen auf einen Speicher zu schleppen.»

Christus seufzte: «Don Camillo, dein Herz ist voll Gift.»

Don Camillo senkte den Kopf.

«Verzeiht, Herr. Im Grunde genommen ist auch Tobazzi nicht böse. Er hat viel mehr gegeben als alle andern. Und ich habe gar nicht daran gedacht, daß er mir etwas geben würde. Schaut, Herr, was für schönes, frisches und duftendes Mehl!»

Don Camillo knüpfte den Sack auf und nahm eine Handvoll Mehl heraus. Aber plötzlich verschwand sein Lächeln.

Er tauchte noch einmal die Hand in den Sack.

«Jesus», rief er mit düsterer Stimme aus, «das ist kein Mehl. Es sind nur vier Finger hoch Mehl zuoberst, darunter ist alles Gips. Feuchter Gips, der zu nichts zu gebrauchen ist.»

«Don Camillo, wenn es so ist», antwortete Christus, «hast du die Belohnung für deine Tat erhalten. Einen Sack Gips mit einer dünnen Schicht Mehl für einen Sack Unverschämtheit mit einer dünnen Schicht Demut.»

«Herr», seufzte Don Camillo verzweifelt und breitete die Arme aus, «daß ich bestraft werde, weil ich gefehlt habe, ist gerecht. Aber Tobazzi hat mit seiner Tat nicht mich bestraft, sondern die Kleinen des Kinderheims. Das Mehl war für sie, nicht für mich. Nein, Herr, ich glaube nicht, daß der Tobazzi so perfid ist. Er hat sich bestimmt mit dem Sack geirrt.»

Don Camillo hob seinen Sack wieder auf, verließ die Kirche, stieg auf seinen Karren und machte sich auf den Weg zu Tobazzis Hof.

Sie waren noch am Dreschen und die Leute lachten, als Don Camillo auf dem Hof ankam.

Tobazzi stand noch auf der Dreschmaschine.

«Verzeiht», fragte ihn von unten Don Camillo, «war es wirklich Mehl, das Ihr mir gegeben habt?»

«Natürlich war es Mehl», antwortete Tobazzi streitsüchtig.

«Warum?»

«Nichts besonderes, war nur eine Frage.»

«Ist auch besser so», knurrte Tobazzi und zwinkerte den anderen zu.

Don Camillo fuhr weg. Auf dem Kirchplatz angekommen, band er das Pferd an den Ring neben der Tür des Pfarrhauses und lief zum Hochaltar.

«Jesus», rief er aus, «auch dieses Mal habe ich mich geirrt. Es ist wirklich Mehl. Die Müdigkeit hat mein Gehirn verwirrt.»

Don Camillo war tatsächlich müde. Nachdem er das Pferd ausgespannt und den Sack abgeladen hatte, schloß er sich sofort im Hause ein. Er krempelte die Hemdsärmel hoch, band sich eine große Schürze um, hob den Deckel vom Backtrog und schüttete eine ordentliche

Schaufel voll Tobazzimehl hinein. Er goß Wasser dazu und fing an zu kneten.

Bald war ein schöner Brotlaib fertig. Er schob ihn in den heißen Backofen.

Die Tobazzis waren beim Abendbrot versammelt, und rings um den Tisch saß auch die Mannschaft der Drescher. Plötzlich erschien Don Camillo mit einem kleinen Bündel in der Hand, und alle hörten auf zu essen.

«Verzeiht, wenn ich störe», sagte Don Camillo lächelnd. «Ich hab' den Drang verspürt, dem Herrn Tobazzi für seine Großmut zu danken.»

Er öffnete das Bündel, und während er noch daran herumnestelte, erklärte er:

«Ich wollte sofort Euer Mehl probieren, lieber Tobazzi. Es ist wirklich einzigartig. Ich hoffe, daß Ihr einen Laib Eures Brotes versuchen wollt, es ist noch warm, frisch aus dem Ofen.»

Don Camillo legte den Brotlaib vor Tobazzi hin.

«Ich bitte Euch, kostet und sagt mir, ob ich als Bäcker etwas wert bin.»

Tobazzi fuhr mit der rechten Hand zur Stuhllehne, bereit, aufzuspringen.

«Probiert und sagt mir Eure Meinung», sagte Don Camillo. «Verzeiht, wenn ich darauf bestehe, aber ich hab' nur drei Minuten Zeit.»

Er zog die Uhr aus der Tasche und starrte auf das Zifferblatt.

«Eins», murmelte er.

Als er «zwei» sagte, hielt er in der Linken immer noch die Uhr, aber in der Rechten hielt er ein großes Bügeleisen, das er vom Kaminsims genommen hatte.

Tobazzi brach ein Stück vom Brotlaib ab. Es hätte nur winzig sein sollen, aber unglücklicherweise war es ein großer Brocken.

«Drei», sagte Don Camillo, während Tobazzi das Brot zum Mund führte.

Don Camillo schaute Tobazzi an, der langsam kaute.

«Wenn jemand versuchen will, möge er sich bedienen», rief Don Camillo und ließ seine Augen im Kreis schweifen.

Niemand regte sich.

Als Tobazzi fertig geschluckt und ein großes Glas Wein getrunken hatte, fragte ihn Don Camillo:

«Nun, wie findet Ihr es?»

«Gut», sagte Tobazzi grollend.

«Freut mich. Glaubt Ihr, daß es für die Kleinen vom Kinderheim auch gut sein wird?»

Tobazzi brauste auf:

«Was haben die Kinder vom Heim damit zu tun? Was erzählt ihr für Geschichten?»

«Für sie sammle ich den Weizen, nicht für mich.»

«Dann nehmt so viel Weizen, wie Ihr wollt, und fahrt zur Hölle!» brüllte Tobazzi wütend und stand auf.

Don Camillo grüßte, ging hinaus, lud zwei Säcke Weizen auf seine Schultern und kehrte nach Hause zurück.

Bevor er in einen bleiernen Schlaf versank, hatte er gerade noch die Kraft zu murmeln:

«Der göttlichen Vorsehung sei's gedankt. Das Mehl des Teufels ist doch noch zu Brot geworden.»

Blitze

Kino war für den Bürgermeister Peppone so etwas wie eine Familienkrankheit. Der Vater von Peppone hatte nämlich als erster eine Dreschmaschine auf die Höfe der Bassa gebracht, und die Alten konnten sich noch gut daran erinnern.

Heutzutage lachen die Jungen, wenn sie von alldem sprechen hören, denn sie können nicht verstehen, was eine Dreschmaschine mit einem Filmprojektor zu tun hat. Aber die heutige Jugend kommt ja sowieso schon mit einem Gehirn zur Welt, in dem bereits die eigene Telefonnummer eingraviert ist, und in Gefühlsdingen benimmt sie sich wie eine Sau, die sich auf einem Maisfeld tummelt.

Nun war damals Elektrizität ein Luxus, der wie üblich den städtischen Mamelucken vorbehalten blieb, und wie sollte man ohne Elektrizität einen Filmprojektor laufen lassen? Der Vater von Peppone hatte einen Dynamo an der Lokomobile, der fahrbaren Dampfmaschine, angebracht, der sonst dazu diente, die Dreschmaschine und die Preßmaschine für die Strohballen zu betreiben. Wenn keine Erntezeit war, wanderte er mit der Lokomobile, gezogen von zwei Ochsen, von Dorf zu Dorf und führte mit dem Projektor Filme vor.

Die Dieseltraktoren sind eine stinkende Schweinerei, die erst nach dem Zweiten Weltkrieg aufkam. Da seither etliche Jahre vergangen sind, weiß die heutige Jugend nicht einmal mehr, wie die Lokomobile ausgesehen haben. Diese Dampfmaschinen wurden von Ochsen übers Land gezogen und hatten einen hohen Kamin, der unterwegs heruntergeklappt wurde; sie waren grün angemalt, mit einer glänzenden Messingbereifung versehen und hatten ein großes Lenkrad. Sie machten keinen Krach: sie arbeiteten leise, ohne Gestank und verfügten über eine herrlich pfeifende Sirene.

Das Kino war also für den Bürgermeister Peppone eine Art Erbkrankheit, und als das Volkshaus endlich fertig war, wo ihm der große Versammlungssaal zur Verfügung stand, war das erste, woran er dachte, der Filmprojektor.

Und so erwachte eines schönen Tages das Dorf voll von Plakaten, auf denen für den kommenden Sonntag die Eröffnung der Filmsaison im Volkshaus verkündet wurde.

Don Camillos Vater hatte ebenfalls einen Filmprojektor besessen, aber er hatte niemals daran gedacht, damit von Dorf zu Dorf zu fahren. Doch bei Don Camillo nistete sich die fixe Idee ein, in seinem Gartenhaus einen Projektionsraum einzurichten, und so fühlte sich Don Camillo, als er die Plakate sah, als ob eine lebende Katze in seinen Eingeweiden rumorte.

Er tröstete sich indes, als am Sonntagnachmittag ein böses Gewitter aufzog und ein alles überflutender Regen einsetzte. Um zehn Uhr nachts war Don Camillo noch wach und wartete auf einen Bericht, den dann der triefnasse Barchini brachte: Es waren nur vier Personen ins Volkshaus gekommen, das Wasser hatte die anderen Fraktionsmitglieder ferngehalten. Zu guter Letzt gab es auch noch Stromschwankungen, und so mußten sie die

Vorführung unterbrechen. Peppone hatte schwer geflucht.

Don Camillo ging zu dem Gekreuzigten auf dem Hochaltar und kniete nieder.

«Jesus, ich danke dir», sagte er.

«Wofür, Don Camillo?»

«Für das Gewitter und die Stromunterbrechung.»

Christus seufzte.

«Don Camillo, ich habe mit der Elektrizität nichts zu schaffen. Du weißt, daß ich Zimmermann war und kein Elektriker. Was das Unwetter angeht, glaubst du wirklich, der himmlische Vater habe die Winde, die Wolken und die Blitze nur bemüht, um Peppone an der störungsfreien Vorführung seines Films zu hindern?»

Don Camillo senkte den Kopf.

«Wahrhaftig nicht», stammelte er. «Es ist eine schreckliche Untugend von uns armen Sündern, Gott für etwas zu danken, das uns in den Kram paßt, und zu glauben, daß es um unsretwillen geschehen sei.»

Gegen Mitternacht schwächte sich das Gewitter ab, aber um drei Uhr morgens legte es erneut los, noch viel wütender als beim ersten Mal, und auf einmal ließ ein entsetzlicher Donnerschlag Don Camillo hochfahren. Don Camillo hatte noch nie ein so heftiges und so nahes Krachen gehört. Er sprang aus dem Bett und stürzte ans Fenster, um festzustellen, was zum Teufel geschehen war, und blieb mit offenem Mund stehen. Die Spitze des Kirchturms war weg! Der Blitz hatte sie buchstäblich pulverisiert.

Es war eine äußerst einfache Sache, aber Don Camillo schien es eine unglaubliche Zurechtweisung, und so ging er zu Christus, um sich auszusprechen.

43

«Jesus», sagte er mit vor Erregung zitternder Stimme, «der Blitz hat in den Kirchturm eingeschlagen!»

«Ich verstehe, Don Camillo», antwortete Christus ruhig. «Es passiert oft, daß ein Blitz während eines Gewitters ein Gebäude trifft.»

«Aber der Blitz hat in den Kirchturm eingeschlagen!» beharrte Don Camillo verdutzt.

«Ich habe es verstanden, Don Camillo.»

Verwirrt schaute Don Camillo den Gekreuzigten an.

«Warum?» fragte er mit Bitterkeit in der Stimme.

«Während eines Gewitters hat der Blitz in einen Kirchturm eingeschlagen», sagte Jesus. «Glaubst du, es sei erforderlich, dein Gott müsse sich für sein Handeln vor dir verantworten? Vor kurzem noch hast du ihm dafür gedankt, daß ein Gewitter deinen Nächsten geschädigt hatte, und jetzt bist du aufgebracht, weil dasselbe Gewitter dir einen Schaden zugefügt hat.»

«Es hat nicht mir, sondern dem Haus Gottes einen Schaden zugefügt», antwortete Don Camillo.

«Das Haus Gottes ist die Unendlichkeit und die Ewigkeit. Selbst wenn alles, was diese Welt bevölkert, zu Staub würde, das Haus Gottes wird unversehrt bleiben. Während eines Gewitters hat ein Blitz in einen Kirchturm eingeschlagen, Don Camillo. Das ist alles, was man dazu sagen oder denken kann. Irgendwo mußte er ja einschlagen!»

Don Camillo sprach zwar mit Christus, aber er dachte an seinen schönen Kirchturm, dem die Spitze abgeschlagen wurde, und der Gedanke daran ging ihm nicht aus dem Kopf.

«Dieser Blitz hätte besser überhaupt nicht eingeschlagen!» sagte Don Camillo.

Christus erbarmte sich seines Kummers und sprach sanft weiter.

«Beruhige dich, Don Camillo, und überlege einmal vernünftig. Gott hat die Welt geschaffen, und die Welt ist ein harmonisches Gefüge, in dem alle Dinge unauflösbar auf direktem oder indirektem Weg miteinander verbunden sind. Jedem Ding kommt eine Bestimmung zu und eine Notwendigkeit. Wenn nun jener Blitz nicht genau in jenem Augenblick genau an jenem Ort eingeschlagen hätte, wo er einschlagen mußte, wäre diese Harmonie zerstört worden. Diese Harmonie ist vollkommen, und wenn der Blitz in jenem Augenblick an jenem Ort niederfuhr, so ist das richtig, und man muß Gott danken, wie man dem Schöpfer für alle Dinge danken muß, die er der Welt schenkt, und für alles, was in ihr passiert. Denn jedes Ding ist ein Beweis der Unfehlbarkeit Gottes, des Schöpfers, und seiner Vollkommenheit. Der Blitz mußte dort einschlagen und keinen Millimeter daneben, Don Camillo. Wer einen Fehler gemacht hat, ist der Mensch, der einen Kirchturm genau an dieser Stelle erbaut hat. Er hätte ihn auch zwei Meter weiter weg bauen können.»

Don Camillo dachte an seinen «geköpften» Kirchturm, und sein Herz war noch immer voll Bitterkeit.

«Wenn alles, was geschieht», nahm Don Camillo den Faden wieder auf, «den Willen Gottes im Universum offenbart, weil alles vorherbestimmt ist, da sonst das System nicht vollkommen wäre, dann bedeutet das, daß der Kirchturm dort an dieser Stelle gebaut werden mußte, und nicht zwei Meter weiter weg.»

«Er hätte zwei Meter weiter weg gebaut werden können», antwortete Jesus lächelnd, «aber das hätte bedeu-

45

tet, daß der Mensch, ohne sich dessen bewußt zu sein, die göttliche Ordnung umgangen hätte. Aber Gott hat das nicht zugelassen.»

«Jesus», protestierte Don Camillo, «dann gibt es keine Freiheit mehr!»

Christus lächelte noch immer und sagte:

«Weh dem, der aus Zorn oder Schmerz oder aus Sinneslust vergißt, was er weiß. Gott zeigt den Menschen den rechten Weg, aber er stellt es ihnen frei, diesem zu folgen oder nicht. Und da seine Güte unendlich ist, gibt er den Menschen die Möglichkeit, den falschen Weg zu beschreiten und ihre Seele zu retten, indem er sie erkennen und bereuen läßt, daß sie den falschen Weg gewählt haben. Während eines Unwetters hat der Blitz die Spitze eines Kirchturms getroffen: der Blitz hat genau dort einschlagen müssen, und der Mensch hat gefehlt, der den Kirchturm an dieser Stelle erbaut hat. Und doch war es so bestimmt, daß der Kirchturm an diesem Ort erbaut werden mußte. Daher muß der Mensch Gott danken, daß er ihn dort hat bauen lassen.»

Don Camillo seufzte.

«Jesus, ich danke dir. Aber mit deiner Hilfe wird es mir gelingen, die Kirchturmspitze wiederherzustellen, und ich werde sie mit einem Blitzableiter versehen.»

«Ja, Don Camillo, wenn es bestimmt ist, daß du einen Blitzableiter auf der Spitze deines Kirchturms anbringst, so wirst du auf der Spitze deines Kirchturms einen Blitzableiter anbringen.»

Don Camillo verneigte sich und ging dann traurig von dannen, um in der ersten Morgendämmerung seinen armseligen abgedeckten Kirchturm zu betrachten.

46

«Tatsächlich», sagte er schließlich zu sich selber, «der Kirchturm mußte dort gebaut werden.»

Schon ziemlich früh begannen die Leute auf der Piazza zusammenzulaufen, um sich den Kirchturm, der vom Blitz getroffen wurde, anzusehen. Alle standen sie im feinen, dicht strömenden Regen und schauten schweigend und bestürzt den Turm an.

Als der Dorfplatz voll war, traf auch Peppone mit seinem Generalstab ein. Man machte ihm Platz, und als er in der ersten Reihe stand, betrachtete er von oben bis unten den arg beschädigten Kirchturm. Dann sprach er, den Finger feierlich gen Himmel erhebend:

«Hier seht ihr den Beweis für den Zorn Gottes! Hier ist Gottes Antwort auf eure Exkommunikation. Die Blitze schlagen ein, wo Gott sie hinschickt, und Gott schickt sie dorthin, wo er sie hinschicken muß.»

Don Camillo hörte vom gegenüberliegenden Pfarrhausfenster zu. Peppone sah ihn und wandte sich an das Volk.

«Der Hochwürden schweigt!» schrie er. «Er schweigt, weil Gottes Blitz seine Kirche getroffen hat. Ihr solltet ihn jetzt mal hören, wenn der Blitz in das Volkshaus eingeschlagen hätte.»

Auch der Smilzo schaute zu Don Camillo hinüber.

«Das ist Gottes Antwort auf die Kriegshetzerei!» brüllte er.

«Es lebe Mao Tse-tung!»

«Es lebe der Frieden und der Fünfjahresplan des Gewerkschaftsbundes!» schrien die Genossen im Chor.

Bevor Don Camillo etwas sagte, das er eigentlich nicht sagen wollte, zählte er bis zweiundfünfzig. Dann sagte er nichts, sondern zog aus seiner Tasche eine halbe

Toscana-Zigarre, steckte sie sich in den Mund und zündete sie seelenruhig an.

«Da schaut her!» schrie Peppone. «Schaut euch den Nero an, der über den Trümmern Karthagos die Laute schlägt!»

Und mit dieser ausgesuchten historischen Feststellung stolzierten Peppone und sein Generalstab davon.

Gegen Abend ging Don Camillo zum Hochaltar, um seinen Verdruß loszuwerden.

«Jesus», sagte er, «mich macht es rasend vor Wut, daß diese Kanaille vom göttlichen Zorn spricht! Es steht mir fern zu denken, daß die Harmonie des Universums gestört werden sollte; wenn aber nach den heutigen Lästerworten dieser Verbrecher der Blitz das Volkshaus träfe, so wäre das wahrlich wunderbar! Jene haben durch ihre Gotteslästerei den Zorn des Allmächtigen herausgefordert!»

«Don Camillo, jetzt bist du ein Aufhetzer», sagte Christus lächelnd. «Wie willst du dir anmaßen, Gottes Majestät damit zu behelligen, die paar Ziegel eines Volkspavillons vom Dach zu fegen? Fürchte und achte deinen Gott, Don Camillo!»

Don Camillo kehrte ins Pfarrhaus zurück, und wenn auch der Weg von der Kirche bis zum Pfarrhaus nur kurz ist, kann einem des Nachts auf einem Weg von nur zwanzig Schritten das Schlimmste begegnen.

Es regnete immer noch, und gegen Mitternacht nahm der Regen an Heftigkeit zu. Um ein Uhr ging das gleiche Theaterspektakel mit Donner und Blitz, wie in der Nacht zuvor, aufs neue los.

Um zwei hörte man ein Getöse, das die halbe

Gemeinde weckte. Um zehn nach zwei war das ganze Dorf wach, weil ein Haus auf der Piazza brannte: es war das Volkshaus.

Ein Blitz hatte eingeschlagen und es in Brand gesteckt. Als Don Camillo auf dem Dorfplatz erschien, war dieser schon voll von Menschen, und der Smilzo und seine Truppe hatten das Feuer bereits unter Kontrolle. Das Dach des Volkshauses war völlig zerstört, ein Teil der Balken ebenfalls, und der Rest hatte sich in rauchende Holzkohle verwandelt.

Don Camillo schaffte es irgendwie, zufällig neben Peppone zu stehen zu kommen.

«Hübsche Arbeit», bemerkte Don Camillo ungerührt. «Man muß zugeben, daß die Blitze recht gewissenhaft sind!»

Peppone drehte sich um.

«Magst du eine halbe Toscana?» fragte ihn Don Camillo.

«Ich rauche nicht», antwortete Peppone düster.

«Nun, das ist vernünftig. Das Volkshaus raucht schon zur Genüge! Auf jeden Fall finde ich es schade. Wenn du nicht rauchst, wie kann ich dann sagen: ‹Seht hier den Nero, der über den Ruinen von Karthago die Laute schlägt?› Merk dir, nicht Karthago, sondern Rom ist niedergebrannt.»

«Sehr erfreut!» brummte Peppone. «Rom soll krepieren mit all den Schwarzröcken, die's dort hat!»

Don Camillo schüttelte das Haupt und sagte laut und bedeutungsvoll:

«Gottes Zorn soll man nicht herausfordern. Hast du gesehen, was deine lästerlichen Worte von heute früh erreicht haben?»

49

Die Wut sprühte Peppone aus allen Poren.

«Kein Grund, wütend zu sein», riet ihm Don Camillo. «Jetzt tritt der Plan der C.G.I.L., des italienischen Gewerkschaftsbundes, in Funktion, und dann kommt alles wieder in Ordnung.»

Peppone stellte sich mit geballten Fäusten vor Don Camillo.

«In drei Tagen, Herr Hochwürden, ist das Dach repariert! Wir brauchen da keine Pläne», schimpfte er. «Hier befehlen wir!»

«Sehr gut, Herr Bürgermeister», antwortete Don Camillo leise. «So kannst du zwei Dinge auf einen Streich erledigen. Wenn du beim Gemeinderat die Ausgaben für das Volkshaus durchdrückst, dann kannst du gleichzeitig auch die Ausgaben für das Kirchturmdach bereitstellen lassen.»

«Ich denke nicht daran!» sagte Peppone. «Laßt Euch das Geld von Amerika geben! Das Volkshaus ist ein gemeinnütziges Gebäude, die Kirche ist nur ein Gebäude von privatem Nutzen!»

Don Camillo steckte seine halbe Toscana-Zigarre an.

«Wahrlich, das war ein rechter Blitz», bemerkte er, «ein weitaus tüchtigerer Blitz als meiner. Hat einen herrlichen Krach gemacht und einen netten Schaden angerichtet. So einen Blitz sollte man sich wohl näher ansehen. Ich werde es dem Maresciallo sagen, wenn er kommt.»

«Kümmert Euch um Euren eigenen Dreck!» sagte Peppone.

«Gewiß. Mich interessiert nur, daß du mir mein Kirchturmdach in Ordnung bringen läßt.»

Peppone warf ihm einen finsteren Blick zu.

«Abgemacht», knirschte er, «aber eines Tages werdet Ihr mir alles büßen!»

Don Camillo machte sich zum Pfarrhaus auf, weil nichts mehr zu sehen, zu hören oder zu sagen war, was von Interesse gewesen wäre. Er hatte die Absicht, sofort ins Pfarrhaus zu gehen, aber er wußte, daß Christus ihn erwartete.

«Don Camillo», sagte Christus streng, als er vor ihm in der halbdunklen Kirche niederkniete. «Dankst du mir nicht, daß der Blitz, ganz so wie du es wolltest, in das Volkshaus eingeschlagen hat?»

«Nein», flüsterte Don Camillo gesenkten Hauptes. «Der Blitzschlag gehört zu den natürlichen Dingen, die Gottes Vorsehung unterstehen. Man darf nicht denken, daß Gott die Winde, die Wolken, die Blitze und den Donner bemühen würde, nur um einem unglückseligen Landpfarrer eine Freude zu machen, indem er die paar Ziegel vom Dach eines Volkspavillons fegt.»

«Ja», sagte Christus, «und überdies kann man sich nicht denken, daß Gott ein Unwetter zum Anlaß nimmt, um eine Bombe auf das Dach eines Volkshauses zu werfen. Eine solche Schurkerei konnte nur ein unglückseliger Landpfarrer begehen.»

Don Camillo breitete die Arme aus:

«Ja, Jesus, doch auch in dieser Schandtat zeigt sich Gottes Wohlwollen. Wenn dieser unselige, vom Teufel aufgestachelte Landpfarrer keine Bombe auf das Volkshausdach geworfen hätte, um diese Bombe wie einen Vergeltungsblitz einschlagen zu lassen, dann wäre der auf dem Dachboden versteckte Waffenschrank nicht aufgeplatzt. Und so wäre eine große Gefahr nicht gebannt und dem armen Pfarrer keine Gelegenheit geboten worden, aus der Sache etwas herauszuschlagen: daß nämlich die von einem echten Blitz zerstörte Spitze des Kirchturms repariert wird. Im übrigen aber ist in Betracht zu ziehen, daß Gotteslästerung in ihrer Überheblichkeit bestraft werden muß.»

«Don Camillo», sagte Christus, «du bist also überzeugt, recht gehandelt zu haben?»

«Nein», antwortete Don Camillo. «Gott gibt den Menschen die Möglichkeit, den rechten Weg zu finden und den rechten Weg zu wählen. Ich habe den falschen Weg gewählt. Ich sehe das ein und werde es auch bereuen.»

«Bereust du es in dieser Stunde noch nicht?»

«Nein, Herr», raunte Don Camillo. «Es ist noch zu früh. Ich bitte um einen Aufschub.»

Christus seufzte, und Don Camillo ging schlafen. Obwohl er ein entsetzlich schlechtes Gewissen hatte, schlief er fest und träumte davon, daß man seinem Kirchturm ein goldenes Dach aufgesetzt hatte.

Als er erwachte, rief er sich seinen Traum wieder in Erinnerung und freute sich. Dann aber stellte er fest, daß er eine ganz wichtige Sache vergessen hatte.

Schnell schlief er wieder ein und träumte, daß auf seinem goldenen Kirchturmdach auch noch ein prachtvoller Blitzableiter angebracht war.

Die Altarkerze

Im Jahre 1946 hatte sich Signor Alcibiade Santini wie alle anderen Grundbesitzer wegen des Landarbeiterstreiks in großen Schwierigkeiten befunden, und er hatte hart kämpfen müssen, um sein Vieh zu retten und die Ernte nicht aufs Spiel zu setzen.

Als das Durcheinander beendet war, sagte sich Signor Alcibiade, daß man mit fünfundsechzig darauf Anspruch hat, ruhiger zu leben. Er übertrug die Geschäftsführung seines Gutsbetriebes einem tüchtigen Verwalter und ließ wissen, daß er nun in den Ruhestand getreten sei.

Damit soll nicht gesagt sein, daß Signor Alcibiade kein Interesse mehr am Gedeihen seines Betriebes hatte. «La Grande» war ein großes Gut, das viele Arbeitskräfte benötigte, und wenn man es mit Taglöhnern zu tun hat, muß man die Augen offenhalten, denn nur die Augen des Besitzers sehen alles.

Signor Alcibiade hatte stets auf den direkten Kontakt mit seinen Arbeitern verzichtet, und auch auf die Einsichtnahme in die Abrechnungen und sonstigen Einzelheiten. Schließlich hatte er es zum Direktor des Gutsbetriebes gebracht und konnte so zu Hause ein bißchen Ruhe genießen.

Schon seit acht Jahren funktionierte dieses System. Man muß zugeben, daß es gut funktionierte, denn sowohl der Verwalter wie auch der Rechnungsführer waren sehr tüchtige Leute. Sie wurden mit allen Schwie-

53

rigkeiten allein fertig, ohne den Chef zu belästigen. Nur in Ausnahmefällen kamen sie zu ihm, und einer dieser Ausnahmefälle war genau der Fall Bazzìga.

Der alte Alcibiade sah also eines Morgens, wie der Rechnungsführer vor ihm aufkreuzte, der ein unzufriedenes Gesicht machte.

«Was gibt's?» fragte der alte Alcibiade.

«Ich hab' Schwierigkeiten mit dem Bazzìga. Dreimal hab' ich ihm geschrieben und ihn aufgefordert, mir die Differenz zu schicken, die uns für die gesetzliche Mieterhöhung zusteht. Er hat nie geantwortet. Dann hab' ich ihn zu Hause aufgesucht. Aber er wollte keinen Centesimo herausrücken, ja er hat mich sogar noch bedroht.»

Der alte Alcibiade war erstaunt:

«So was hat Bazzìga gemacht? Haben Sie ihm nicht erklärt, daß diese Mieterhöhung vom Gesetz vorgeschrieben ist?»

«Ich hab' es ihm erklärt. Ich hab' ihm auch die gedruckten Vorschriften gezeigt. Er hat geantwortet, daß ihn das nicht interessiere. Er sagte: ‹Mischen Sie sich nicht ein, das sind unsere Angelegenheiten, zwischen mir und dem Hauswirt.›»

Der Alte zuckte fragend die Schultern.

«Unsere Angelegenheiten? Zwischen mir und ihm? Neunzehnhundertsechsundvierzig hab' ich ihm das Haus für fünfzigtausend Lire pro Jahr vermietet. Schauen Sie nach; da muß es einen regulären Vertrag geben.»

Der Rechnungsführer hatte schon von sich aus nach dem Vertrag gesucht; er zeigte ihn dem alten Alcibiade, der seine Brille aufsetzte und das Dokument überflog.

«Mir scheint, daß hier kein Grund zu Mißverständnissen vorliegt», sagte er schließlich und reichte dem Rechnungsführer das Blatt. «Der Mietvertrag ist von Bazzìga unterschrieben und ordnungsgemäß registriert. Und hier steht einfach, daß ich Bazzìga für die Dauer von zehn Jahren und für fünfzigtausend Lire pro Jahr ein Haus mit allem Zubehör überlasse. Haben Sie ihm den Mietvertrag gezeigt?»

«Ich hab' ihn ihm gezeigt. Er hat geantwortet, daß er ihn gut kennt, er besitze ebenfalls eine Kopie davon, sie liege in der Schublade seiner Kommode. Aber, so meint Bazzìga, das bedeute gar nichts. Es sei nur ein wertloses Papier.»

Der alte Alcibiade grinste vor sich hin.

«Wenn Bazzìga überzeugt ist, daß es sich um ein wertloses Papier handelt, schauen Sie zu, wie Sie seine Meinung ändern können. Der Anwalt soll ihm schreiben. Entweder bezahlt er, was er schuldig ist, oder wir gehen gerichtlich vor.»

Bazzìga wohnte seit acht Jahren im «Crocile», einer elenden Hütte, die 1946 dem alten Alcibiade gehört hatte. Um die Wahrheit zu sagen: die elende Hütte war jetzt ein sauberes, gut instand gehaltenes Häuschen, denn Bazzìga hatte eine ordentliche Stange Geld hineingesteckt.

Das hatte er nicht aus Ehrgeiz getan, sondern aus Notwendigkeit, denn Bazzìga lebte von dem, was ihm sein kleiner Lebensmittelladen eintrug. Und wenn es um eßbare Dinge geht, wollen die Leute Ordnung und Sauberkeit sehen.

Bazzìga stand gerade im Laden und bediente einen Kunden, als der Briefträger ihm den eingeschriebenen Brief vom Anwalt brachte. Er überflog rasch den Brief und dachte keine Sekunde daran, deshalb den Laden und den Kunden im Stich zu lassen. Dann aber sprang er plötzlich auf sein Fahrrad und fuhr im Eiltempo zu der Villa des alten Alcibiade.

Er fand das Gittertor verschlossen, und niemand wollte es öffnen. Er erklärte, er wolle mit dem Chef reden, aber sie antworteten ihm, der Chef wolle von gar nichts wissen. Er bezahle einen Verwalter, damit der sich um die Geschäfte kümmere. Bazzìga solle sich daher an den Verwalter wenden.

Also ging Bazzìga zum Verwalter und zeigte ihm den Brief vom Anwalt. «Was soll dieser Wisch bedeuten?» fragte Bazzìga.

«Er bedeutet, daß der Anwalt gesetzlich vorgeht, wenn Ihr nicht bezahlt, was Ihr zu bezahlen habt.»

Bazzìga erwiderte, der Anwalt könne ihm gar nichts anhaben, und er versuchte, dem Verwalter die Sache zu erklären. Doch der schüttelte den Kopf.

«Ich hab' damit nichts mehr zu tun. Jetzt liegt die Angelegenheit in den Händen des Anwalts. Ihr müßt es jetzt dem Anwalt erklären. Auf dem Briefbogen steht die Adresse, nehmt das Postauto, fahrt in die Stadt und einigt Euch mit dem Anwalt. Was uns betrifft, so sind wir ganz zufrieden, die Sache freundschaftlich in Ordnung zu bringen, und wir werden Euch auf jede Weise entgegenkommen.»

Am andern Tag ließ Bazzìga seine Frau im Laden und begab sich in die Stadt zum Anwalt.

Als er vor dem Schreibtisch des Anwalts stand, zog er den eingeschriebenen Brief aus seiner Jacke und hielt ihn dem Anwalt unter die Nase.

«Aha», sagte der Anwalt. «Ihr seid also der vom Crocile-Haus. Nun, schließen wir einen Vergleich?»

«Deshalb bin ich hier», antwortete Bazzìga.

«Ihr habt Euch also entschlossen, zu bezahlen?»

«Nein», erklärte Bazzìga, «ich will nicht bezahlen, weil ich nämlich nicht bezahlen muß.»

«Aber die Mieterhöhung ist gesetzlich. Ihr stellt Euch nicht gegen Alcibiade, sondern gegen das Gesetz.»

Bazzìga schüttelte den Kopf.

«Mit dem Gesetz bin ich im reinen. Der Mietvertrag ist wertlos. Was zählt, ist das andere Papier.»

«Es ist mir nicht bekannt, daß noch andere Papiere existieren. Das hier ist ganz einfach ein registrierter Mietvertrag.»

Bazzìga zog einen Briefumschlag aus der Tasche und zeigte ihn dem Anwalt: «Und was ist denn das?»

Der Anwalt konnte ein Lächeln nicht unterdrücken.

«Wenn man es so anschaut, scheint es ein Briefumschlag zu sein. Wenn aber etwas drin ist, dann müßte man wissen, worum es sich handelt.»

«Es handelt sich um persönliche Angelegenheiten zwischen dem Chef und mir. Nur wir zwei können darüber reden.»

«In Ordnung», sagte der Anwalt. «Aber unterdessen muß ich die Sache vor Gericht bringen.»

«Vergebliche Mühe», bemerkte Bazzìga.

«Dieses Papier ist vom Chef unterschrieben, und es ist das einzig gültige. Der Chef weiß das sehr gut.»

Bazzìga hatte so sicher gesprochen, daß der Anwalt sich verpflichtet fühlte, weiterzuforschen.

«Ihr behauptet also, daß zwischen Euch und dem Chef außer dem Mietvertrag noch eine andere Abmachung besteht?»

«Gewiß. Versuchen Sie es ihm zu sagen, und Sie werden sehen.»

«Schön», sagte der Anwalt, «ich rufe ihn jetzt an, und während man die Verbindung herstellt, wartet Ihr im Vorzimmer, damit wir die Angelegenheit sofort bereinigen können.»

«Ich warte», antwortete Bazzìga und ging ins Vorzimmer hinaus.

Es dauerte eine halbe Stunde, die Verbindung herzustellen, doch dann war der alte Alcibiade persönlich am Apparat.

«Was gibt's, Herr Anwalt?»

«Bazzìga ist bei mir», erklärte der Anwalt. «Er behauptet, daß außer dem regulären Mietvertrag eine zweite vertrauliche Vereinbarung zwischen Ihnen und ihm existiert. Eine schriftliche Vereinbarung, die den Mietvertrag aufheben würde.»

«Sagen Sie ihm, daß er spinnt. Zwischen Bazzìga und mir gibt es nur einen regulären Mietvertrag, und der ist ordnungsgemäß registriert. Gehen Sie nur davon aus, Herr Anwalt, und hören Sie sich das Geschwätz dieses Verrückten nicht länger an. Das sind nur Ausreden, weil er nicht bezahlen will.»

Der Anwalt legte den Hörer wieder auf und ließ Bazzìga hereinrufen.

«Der Chef sagt, daß es keine weitere Vereinbarung gibt, weder mündlich noch schriftlich. Tut mir leid, aber wenn Ihr die Mieterhöhung nicht akzeptiert, muß ich gerichtlich gegen Euch vorgehen.»

Bazzìga holte wieder den famosen Briefumschlag aus der Tasche und nahm ein Blatt heraus, das er dem Antwalt hinhielt.

Instinktiv wollte der Anwalt das Blatt ergreifen, aber Bazzìga zog die Hand zurück.

«Es ist nicht aus Mißtrauen», erklärte Bazzìga, «aber wenn Sie es lesen wollen, lassen Sie das Blatt in meiner Hand.»

Es waren wenige von Hand geschriebene Zeilen:

Das vorliegende Schreiben annulliert in allen Punkten den Vertrag, mit dem ich ab heutigem Datum für die Summe von fünfzigtausend Lire jährlich, dem Herrn Bazzìga die mir gehörende Liegenschaft, genannt Crocile und bezeichnet mit der Nummer 106, für zehn Jahre vermietet habe. Ich bin damit einverstanden, Herrn Bazzìga das Haus zum Preis von fünfhunderttausend Lire, zahlbar im Verlauf von zehn Jahren, zu überlassen. Ich bin ferner einverstanden, daß die fünfzigtausend Lire, die Herr Bazzìga jährlich bezahlen wird, von mir als Anzahlung an den Verkaufspreis von fünfhunderttausend Lire akzeptiert werden. Nachfolgend geht das obgenannte Grundstück in den Besitz des Herrn Bazzìga über. Dieser Vorgang wird noch notariell bestätigt. Alcibiade Santini

Der Anwalt las und erkundigte sich dann vorsichtig:

«Ihr behauptet, daß dies Euer Hauswirt von Hand geschrieben hat?»

«Nein», räumte Bazzìga ein, «den Vertrag habe ich nach seinem Diktat geschrieben, denn er hatte seine Brille zu Hause vergessen. Er hat ihn aber unterschrieben.»

«Ich verstehe», brummte der Anwalt und zündete sich eine Zigarette an. «Entschuldigt vielmals, aber warum wurde kein regulärer Vertrag aufgesetzt?»

«Der Mietvertrag war nur für die Verwaltung

bestimmt», erklärte Bazzìga, «und auch für die Sicherheit.»

«Sicherheit wofür?»

«Kurz und gut, ich war gerade seit einem Jahr oder etwas mehr aus dem Krieg zurückgekommen. Um wieder ein Heim zu haben, hab' ich ein bißchen Schulden gemacht. Die hab' ich alle bald bis zum letzten Centesimo zurückbezahlt. Ich mußte verhindern, daß sich meine Gläubiger auf das Haus stürzten.»

«Ich verstehe. Ich werde mit Eurem Hauswirt reden. Vielleicht hat er das vergessen.»

Bazzìga kehrte nach Hause zurück und verhielt sich ruhig. Nach zwei Tagen traf bei ihm ein zweiter eingeschriebener Brief ein. Er enthielt wenige, aber deutliche Worte: Signor Alcibiade schloß kategorisch die Existenz eines Schreibens aus. Bazzìga solle sofort alles in Ordnung bringen und nicht auf seinem Standpunkt beharren, ansonsten er in große Schwierigkeiten gerate.

Bazzìga suchte erneut den Anwalt auf, aber der konnte ihm nicht viel sagen.

«Zahlt, was Ihr zahlen müßt, und dankt Gott, daß ich Euch nicht wegen Fälschung verklage.»

Bazzìga zahlte auf der Stelle. Dann kehrte er nach Hause zurück und fühlte sich wie einer, dem eine lebende Katze im Magen liegt.

Einen Monat lang nagte der Kummer an seiner Leber, aber er sprach mit niemandem darüber. Um nicht zu platzen, schüttete er schließlich sein Herz aus. Er tat es an einem Sonntagnachmittag im Wirtshaus von Molinetto. Er hatte tüchtig gebechert, und das Unglück wollte es, daß der alte Alcibiade in einem Pferdewagen vorbeifuhr.

«Er geht in die Kirche, um Gott um Hilfe zu bitten, seine Millionen zu ertragen», sagte jemand laut.

«Es wäre besser, er würde für seine schwarze Seele beten», antwortete Bazzìga.

«Altes Schwein!»

Signor Alcibiade war im Dorf nicht beliebt, aber was die Moral betraf, wurde er für einen Ehrenmann gehalten.

«Was für Schweinereien soll denn dieser geifernde Greis mit Frauen noch machen», sagte jemand.

«Er macht sie nicht mit Frauen, er macht sie mit Männern», erwiderte Bazzìga, «und es sind größere Schurkereien, als man sich vorstellen kann.»

Man weiß, wie es in den Dörfern zugeht. Bald saßen alle um ihn herum. Sie belagerten ihn geradezu, füllten ihn mit Wein ab, und endlich zog Bazzìga die alte Geschichte ans Licht.

Er schilderte die Sache so, wie er sie dem Anwalt erklärt hatte. Aber hier war jemand, der ihm eine Frage stellte, die ihm der Anwalt nicht gestellt hatte.

«Und wie ist es möglich, daß einer, der so ein Schuft ist, mir nichts dir nichts einen Vertrag unterschreibt und auf seine Vorteile verzichtet?»

Bazzìga stieß einen tiefen Seufzer aus.

«Ich war damals gerade aus dem Krieg zurück, hatte Schulden und mußte alles mögliche tun, um zu überleben. Da kam der Landarbeiterstreik, und der Alte war in Schwierigkeiten, denn die Tiere waren in Gefahr, im Stall zu krepieren. Man riskierte dabei Kopf und Kragen, aber ich tat es trotzdem! Ich arbeitete auf dem

Gutshof, der «Grande». Ich schuftete Tag und Nacht ohne eine Minute Pause, wie ein Tier. Und neben der Schinderei mußte ich ein paar Nichtsnutze, die der Alte drüben über dem Po aufgelesen hatte, zur Arbeit antreiben. Ich mußte auch mit dem Gewehr Wache stehen. Kurzum, ich habe ihm das Vermögen seines Stalles gerettet. Und so gab mir der Alte aus Dankbarkeit und weil er im Fall weiterer Schwierigkeiten eine Hilfe brauchte, das Haus zu den genannten Bedingungen. Und jetzt, nachdem ich acht Jahre lang Blut geschwitzt habe, um das Haus wieder instand zu stellen und die Raten zu bezahlen, leugnet dieser miese Kerl, daß er mir den Vertrag unterschrieben hat.»

Bazzìga hatte seine Erzählung beendet, und sofort sagte eine robuste Stimme:

«Geschieht dir recht, warum spielst du den Streikbrecher für die Interessen der Ausbeuter?»

Bazzìga drehte sich rasch um und ballte die Fäuste, aber er beruhigte sich sofort wieder, denn als Sprecher entpuppte sich Peppone. Und mit Peppone ließ man sich lieber nicht ein.

Der Smilzo war mit Peppone nicht einverstanden.

«Chef», flüsterte er, «ist es nicht besser, den Streikbrecher zu vergessen, da er ein armer Teufel ist, und den reichen und unehrlichen Grundbesitzer beim Kragen zu nehmen?»

«Nein», antwortete Peppone, «Bazzìga und der Alte sind beide unsere politischen Gegner. Sie sollen es untereinander ausmachen. Es genügt, daß wir die Sache beobachten.»

Peppone kümmerte sich nicht weiter um die Angelegenheit, aber das übrige Dorf kümmerte sich darum.

Und Bazzìga erzählte seine Geschichte wohl tausendmal in der Öffentlichkeit.

Eines schönen Tages ging daher der alte Alcibiade zum Polizeichef und sagte:

«Da ist ein gewisser Bazzìga, einer meiner Mieter, der seit längerer Zeit im Dorf herumgeht und mich unehrenhafter Handlungen bezichtigt. Er beschimpft mich und verleumdet mich. Ich kann mindestens fünfzig Zeugen benennen. Ich möchte ihn deshalb verklagen.»

Als er die Klage entgegengenommen hatte, trug der Maresciallo die Aussagen zusammen und ließ dann Bazzìga rufen.

«Es ist erwiesen, daß Sie seit einiger Zeit öffentlich üble Nachreden über Signor Santini verbreiten», begann der Maresciallo, aber Bazzìga unterbrach ihn.

«Ja, das stimmt», rief er aus, «und ich schwöre Ihnen, daß ich mein Leben lang öffentlich sagen werde, daß Santini kein Ehrenmann ist.»

«Ich bezweifle, daß Sie Signor Santini noch lange verleumden können», bemerkte der Polizeichef. «Das Gericht wird Ihnen das besser erklären.»

Und so mußte Bazzìga eines unschönen Morgens vor Gericht. Als er an der Reihe war, fragten sie ihn, wie er heiße, und lasen ihm dann die Anklage vor.

Sie klagten ihn an, einen Haufen übler Dinge über den alten Alcibiade gesagt zu haben, und gaben getreu die Ausdrücke, die Bazzìga gebraucht hatte, wieder.

Bazzìga hörte aufmerksam zu, dann sagte er:

«Es stimmt alles, mit Ausnahme des Freibeuters. Dieses Wort höre ich jetzt zum ersten Mal. Aber wenn Freibeuter soviel wie verdammtes Schwein oder ähnliches Zeug bedeutet, so tut es mir leid, daß ich es nicht gesagt habe.»

Alle fingen an zu lachen, und der Präsident mußte heftig klingeln.

«Sie geben also zu, daß es wahr ist, was man Ihnen vorwirft?»

«Alles ist wahr. Ich habe ihn einen Schurken genannt, weil er sich schurkisch benommen hat. Hier ist der Beweis.»

Bazzìga zog den famosen Vertrag aus der Tasche und übergab ihn dem Präsidenten, wobei er erklärte, wie sich alles zugetragen hatte.

«Das gehört nicht zur Sache», bemerkte der Anwalt des alten Alcibiade, «der Angeklagte muß sich nur wegen Verleumdung verantworten.»

Bazzìga hatte einen amtlichen Rechtsbeistand, den er zum ersten Mal sah, aber es war ein aufgeweckter junger Mann.

«Es gehört sehr wohl zur Sache», erwiderte Bazzìgas Anwalt. «Es dient wenn schon nicht zur Rechtfertigung, so doch zur Erklärung, woher das Ressentiment des Angeklagten gegen den Kläger kommt.»

«Es dient höchstens dazu, die Lage des Angeklagten zu erschweren», rief der Anwalt des alten Alcibiade aus, «denn es handelt sich um eine Fälschung!»

Die Herren vom Gericht diskutierten kurz miteinander, dann rief der Präsident den alten Alcibiade auf.

«Der Zeuge schwöre die Wahrheit zu sagen, nur die Wahrheit und nichts als die Wahrheit», sagte der Gerichtspräsident.

«Ich schwöre», antwortete Signor Alcibiade.

Der Präsident zeigte ihm das Blatt.

64

«Erkennen Sie das als Ihr Schreiben?»

«Nein», antwortete der Alte, «das ist nicht meine Schrift.»

«Und ob!» schrie Bazzìga. «Ich habe es geschrieben, weil Ihr Eure Brille nicht dabei hattet, aber die Unterschrift stammt von Euch!»

Bazzìga erhielt die Mindeststrafe, denn alle waren sich darüber einig, daß sie keinen Fälscher vor sich hatten, sondern nur einen bedauernswerten Dummkopf.

Und da er das Schreiben niemandem gezeigt hatte, konnte man tatsächlich nicht von einer Fälschung sprechen. So ließen sie es dabei bewenden.

Triumphierend kehrte der alte Alcibiade ins Dorf zurück. Es war schon Abend, als er eintraf, und es regnete, aber sein erster Gedanke war, Gott zu danken, weil er ihm geholfen hatte, die Wahrheit zu beweisen.

Er kaufte daher in der Drogerie eine große Altarkerze und trug sie in die Kirche.

«Zündet sie vor dem Bild der Madonna an», sagte der alte Alcibiade zu Don Camillo. «Wenn man vor Gericht muß, braucht man immer die Hilfe der Madonna, auch wenn man voll und ganz im Recht ist. Im Gegenteil, wer im Recht ist, benimmt sich oft unsicher und verlegen, denn die Wahrheit ist oft so einfach und natürlich, daß sie unglaublich erscheint.»

Nachdem der alte Alcibiade andächtig auf den Stufen des Altars gekniet und ein Gebet gemurmelt hatte, bekreuzigte er sich und ging weg.

Don Camillo fand einen großen Kerzenhalter, steckte die Altarkerze hinein und trug sie vor den Altar der Madonna.

Dann zündete er die Kerze an.

Das Flämmchen flackerte einen Augenblick und erlosch dann. Offensichtlich war ein Luftzug die Ursache. Don Camillo stellte die Kerze um und zündete sie wieder an. Jetzt war kein Durchzug möglich, denn die Kerze des Alcibiade stand neben anderen Kerzen, die alle ruhig brannten. Aber auch diesmal ging die Flamme aus. Es mußte sich um einen Fehler im Wachs oder einen schlechten Docht handeln.

Don Camillo nahm die Kerze ins Pfarrhaus mit und untersuchte sie eingehend im Licht der großen elektrischen Lampe, die über dem Tisch hing. Mit dem Taschenmesser kratzte er etwas Wachs rings um den Docht weg und lockerte ihn ein wenig.

Er zündete die Kerze an, und die Flamme brannte sicher und fest und erlosch nicht mehr.

«Jetzt ist sie in Ordnung», brummte Don Camillo, «der Docht war halt ein wenig zu kurz.»

Um keinen Gestank zu verursachen, löschte er die Kerze nicht, und indem er das Flämmchen mit seiner großen Hand schützte, verließ er das Pfarrhaus und ging in die Kirche zurück. Dort steckte er die Kerze wieder auf den Halter, der auf dem Altar der Madonna stand.

Die Kerze erlosch.

Er zündete sie erneut an, und sie erlosch wieder.

Don Camillo war ein Dickkopf. Er nahm die Kerze samt Halter in die Sakristei. Wieder reinigte er den Docht und zündete ihn an. Die Kerze brannte prächtig, und Don Camillo ließ sie eine Viertelstunde brennen. Dann hielt er die Hand vor die Flamme und trug die Kerze wieder zum Altar der Madonna.

Sofort erlosch das Licht.

Offenbar war seine erste Beobachtung richtig: Es mußte einen Luftzug, einen Durchzug geben. Er zündete den Docht wieder an und brachte die Kerze zum Hochaltar. Aber kaum hatte die Kerze das Altartuch berührt, ging auch hier die Flamme aus. Noch zweimal wiederholte er das Experiment, und es passierte immer dasselbe.

Don Camillo schaute die Altarkerze mißtrauisch an. Er nahm sie vom Altar, trug sie in die Sakristei, stellte sie auf den Boden und zündete sie an. Dann ließ er sie im Halter stehend und fröhlich brennend zurück, und begab sich ins Pfarrhaus.

Er beschäftigte sich anderthalb Stunden mit seinem Papierkram, und bevor er ins Bett ging, suchte er noch einmal die Sakristei auf.

Die Kerze brannte noch immer, die Flamme war hell und ruhig. Er hob den Halter vom Boden auf und trug ihn bis zur Nische der Madonna.

Dort hielt er an. Die Kerze brannte weiter.

Doch kaum war der Fuß des Kerzenhalters mit dem Altartuch in Berührung gekommen, erlosch die Flamme.

Es war zweiundzwanzig Uhr. Um Mitternacht wiederholte Don Camillo immer noch seine Experimente, und seine Stirn war in Schweiß gebadet.

Jetzt stand der Kerzenhalter mitten in der Kirche auf dem Boden, und die Kerze brannte. Er versuchte, den Kandelaber auf Schulterhöhe zu heben und ihn so eine ganze Weile zu halten. Die Kerze erlosch nicht. Doch sobald er sie auf das Tuch des Madonnenaltars stellte, erstarb die Flamme.

Don Camillo zog ein riesiges Taschentuch hervor,

67

legte es quer über seine Handfläche und nahm die Altarkerze aus dem Halter.

Er verließ die Kirche und machte sich im Dunkeln auf den Weg zum Kanal. Am Ufer hielt er an und wollte die Kerze in das schlammige Wasser werfen. Aber sie glitt ihm von selbst aus der Hand, als hätte sie sich in eine Schlange verwandelt.

«Ein Glück, daß sie mich nicht gebissen hat», murmelte Don Camillo, der nun überhaupt nichts mehr verstand.

Das Mädchen mit dem roten Haar

Eines Morgens hielt ein klappriger alter Planwagen mit einem Pferd, das nur noch aus Haut und Knochen bestand, auf der Piazza. Sofort war es von einer Kinderschar umringt, die sich von allen Seiten her um das Gefährt drängelte.

«Bleibt mir vom Pferd weg!» schimpfte ein Kerl mit einer geradezu verbotenen Visage, als er vom Bock stieg.

Der Alte ließ sich das Gemeindehaus zeigen und machte sich auf den Weg dorthin. Ein rothaariges Mädchen kletterte aus dem Innern auf das schmale Trittbrett am Vorderteil des Karrens.

Im Innenhof des Gemeindehauses traf der Mann auf Peppone, der eben herauskam.

«Ich möchte mit jemandem wegen einer Erlaubnis sprechen», sagte er. «An wen muß ich mich wenden?»

«Wenn's Euch recht ist, mit dem Bürgermeister zu sprechen, dann los», antwortete Peppone, der sich, wenn er so unmittelbar mit dem Volk in Berührung kam, immer wie der Kaiser Trajan fühlte, der sein Pferd angehalten hatte, um die junge Witwe anzuhören, auch wenn jener Kaiser hoch zu Roß und Peppone nur zu Fuß war.

Der Mann mit dem unmöglichen Gesicht nahm seinen Hut ab.

«Ich möchte hier eine Bude aufstellen», erklärte er.

«Was für eine Bude?»

«Eine Schießbude.»

Peppone überlegte einige Minuten und erkundigte sich dann:

«Habt Ihr auch dieses Ding, das bei einem Treffer die ganze Ladung explodieren läßt?»

«Ja», nickte der Mann, «aber wenn es die öffentliche Ruhe stört, kann ich es auch weglassen. Ich hab' noch andere interessante Sachen, die keinen Lärm machen.»

«Nein, nein! Stellt ruhig die ganze Bude auf. Die Leute hier erschrecken nicht einmal vor Kanonenschüssen. Kommt in einer halben Stunde wieder vorbei; dann kriegt Ihr die Erlaubnis für den zugewiesenen Platz.»

Die Schießbude wurde hinten auf der Piazza aufgestellt, auf der rechten Seite eines freien Raumes zwischen der Pfarrei und dem Gemeindehaus. Dort war auch genügend Platz für den Karren und das Pferd.

So geschah es, daß gerade als Don Camillo zu Abend aß, ein fürchterlicher Knall die Fensterscheiben erzittern ließ. Don Camillo dachte einen Augenblick an eine Bombe, aber es war nur die Schießbude, die ihren Betrieb aufgenommen hatte.

Sein erster Gedanke war, hinauszurennen und laut zu schreien, doch er überlegte es sich noch einmal und aß weiter. Er hatte noch keine drei Löffel voll gegessen, da dröhnte erneut ein gewaltiger Knall.

Er geduldete sich drei weitere Detonationen lang, da er prinzipiell der Auffassung war, daß ein Pfarrer das Volk nicht bei seinen Vergnügungen stören sollte, außer es handle sich um etwas Unmoralisches. Und ein Gewehrschuß ist keine Sache, die der Moral schadet. Schlimm ist nur, daß er den Nerven schadet. Und somit hat auch ein Pfarrer das Recht, dagegen einzuschreiten, um seine Rechte als Bürger zu wahren.

Er verließ also das Pfarrhaus und stampfte direkt auf die Schießbude zu. Er kam gerade recht, denn noch hatte er den Stand nicht ganz erreicht, als wieder ein Geknatter losging.

Vor der Bude hatte sich eine große Schar Leute versammelt, und in der ersten Reihe stand Peppone mit seinem ganzen großen Gefolge.

Das rothaarige Mädchen lud gerade wieder das Gewehr für Peppone, während der Alte die bewegliche Zielscheibe mit der schrecklichen Knallvorrichtung oben auf den Eisenstab steckte und die Zündpfanne mit Pulver füllte.

«Es kommen alle an die Reihe», erklärte Peppone seinen Genossen. «Jeder hat fünfzehn Schuß zugut. Wer weniger als zehn Treffer erzielt, muß für alle andern zahlen.»

Der Trupp bestand aus zehn Personen. Wenn man einen Schnitt von acht Treffern pro Person rechnete, so waren das immerhin achtzig laute Knalle.

Don Camillo knirschte mit den Zähnen, um so mehr, als sein Blick auf ein Plakat an der Bude mit der Aufschrift fiel:

«Gemäß Verordnung des Bürgermeisters ist das Scheibenschießen während des Gottesdienstes untersagt.»

Peppone zielte, traf ins Schwarze, und jedem Schuß folgte ein donnerndes Getöse.

Derweil hatten alle Don Camillo bemerkt. Diesem war es inzwischen gelungen, den Aufruhr in seinem Innern so weit zu bändigen, daß er den Neugierigen mimen konnte.

Während der Radau weiterging, wurde Don Camillo von jemandem angesprochen.

«Ich verstehe nicht», sagte eine Frau zu ihm, «warum man so einen Heidenlärm machen muß. Könnte man nicht einfach auf weiße Tontauben schießen?»

Das war offensichtlich eine Herausforderung, aber Don Camillo fiel nicht darauf herein.

«Nein», antwortete er, «für einen Liebhaber von Feuerwaffen, ob er Jäger ist oder nicht, ist ein Schuß ohne Knall genau das gleiche, was für einen Musiker eine Trompete ohne Ton ist.»

Er blieb noch ein halbes Stündchen und schritt dann gemächlich auf das Pfarrhaus zu, ein Düftchen seiner halbgerauchten Toscana-Zigarre hinter sich lassend. Er schloß sich in den Keller ein, aber auch dort erreichte ihn der Krach. Es waren nicht achtzig Schüsse, sondern mindestens hundert.

Das lärmige Treiben wiederholte sich auch am folgenden Abend, aber Don Camillo blieb im Haus. Jeder Schuß wirkte wie ein Hammerschlag auf seinen Kopf, aber sein Schädel war eisenhart und leistete hartnäckig Widerstand. Und er wurde nie weich, weder an jenem Abend, noch an einem der folgenden Abende.

«Jesus», sagte er zu Christus auf dem Hochaltar, «du weißt, wie es in mir drin aussieht. Rechne es mir an dem Tag an, da ich die Schuld für meine Sünden begleichen muß. Diese Gauner fordern mich heraus, aber ich lasse mich nicht auf ihr Spielchen ein. Mögen Gewehrsalven, mögen Bomben explodieren – mein Verstand wird immer über meine Heftigkeit siegen.»

Christus lächelte, während der Höllenkrach der Schießbude aufs neue seinen Anfang nahm.

So ging es weiter, zwei lange Wochen hindurch. Am Abend des fünfzehnten Tages, zur gewohnten unseligen Stunde, blieb es jedoch still.

Don Camillo steckte die Nase hinaus und sah, daß die Zeltplane an der Schießbude heruntergelassen war. Er lief auf den Stand zu. Der Mann und das rothaarige Mädchen saßen vorn auf dem Trittbrett des Karrens.

«Ich möchte ein paar Schüsse machen, da heut' nicht so ein Durcheinander herrscht wie an den sonstigen Abenden.»

Tatsächlich waren Don Camillo, der Alte, der Rotschopf und das Pferd die einzigen lebenden Wesen auf der Piazza, vier Personen also, wenn man das Pferd als Person bezeichnen will. Der alte Mann zögerte und kratzte sich das Kinn.

«Ich möchte ein paarmal schießen», wiederholte Don Camillo diesmal ziemlich brüsk.

«Ich gehe was trinken», sagte der Mann. «Mach's du.»

Das Mädchen mit dem roten Haar zog die Plane von der Bude hoch und zündete das Licht an.

Dann fragte es Don Camillo, der an der Brüstung lehnte und wartete:

«Flobert oder Luftgewehr?»

«Hundertneunundvierziger mit Verlängerung», antwortete Don Camillo, griff nach einem der Schießeisen und zielte.

Er schoß nicht daneben, und mit entsetzlichem Getöse widerhallte der erste Knall auf dem stillen und leeren Dorfplatz.

«Lad den Prügel noch mal und beeil dich!» befahl Don Camillo.

Das rothaarige Mädchen war flink, und Don Camillo visierte das Ziel an. Die folgende Explosion glich einem Bombenteppich.

Beim zehnten Schuß stürmte der Smilzo heran. Er war zwar in der Nähe gewesen, denn das Volkshaus stand nur zwanzig Meter von der Schießbude entfernt, aber er keuchte, als hätte er den weiten Weg von Nicaragua hinter sich.

Als er merkte, daß es sich beim Schützen um Don Camillo handelte, war es freilich zu spät, denn er hatte bereits «Sofort aufhören!» gebrüllt.

Don Camillo ließ einen neuen Schuß krachen und drehte sich dann zu ihm um:

«Und warum? Findet irgendwo ein Gottesdienst statt?»

«Der Parteisekretär der Provinz hält eine Rede im Volkshaus», antwortete der Smilzo.

Don Camillo schoß und löste eine weitere Explosion aus.

«Der Parteisekretär der Provinz? Sieh mal einer an, das hätte ich nicht für möglich gehalten», lächelte er höhnisch.

Dem Smilzo blieb die Spucke weg, und er lief eilends in das Volkshaus zurück.

Die Schüsse dauerten an, bis die Leute aus dem Volkshaus strömten. Da hörte Don Camillo zu schießen auf, zündete sich eine Zigarre an und machte sich gemächlich auf den Weg zum Pfarrhaus.

Peppone schaute ihm schweigend nach. Seine Halsader war gefährlich angeschwollen. Er knöpfte sich das Mädchen mit dem roten Haar vor.

«Ihr haut morgen ab!» brüllte er in das Innere der

Bude. «Sonst lasse ich euch samt eurem Dreckzeug in den Fluß werfen!»

Das Mädchen mit dem roten Haar wich erschrocken zurück und streifte dabei unwillkürlich die Zündpfanne, die den ganzen Abend über den Höllenlärm verursacht hatte.

Am folgenden Morgen um neun meldete der Gemeindepolizist, die vom Schießstand hätten noch keinen Wank getan. Er habe aber keine Lust, sie zu vertreiben.

Peppone ließ sein Bier stehen und raste mit einer Stinkwut im Bauch auf die Piazza. Als er auf der Hinterseite des Platzes angekommen war, trieb er die gaffenden Leute, die ihm im Weg standen, mit heftigen Püffen zur Seite und sah sich plötzlich dem alten Mann und dem Mädchen mit dem roten Haar gegenüber, die unbeweglich an einer Ecke der Bude lehnten und völlig geistesabwesend auf einen Haufen Knochen starrten, der auf dem Boden lag. Es war ihr totes Pferd.

Der Anblick war so traurig, daß Peppone einen Moment das Herz stehen blieb. Er fuhr sich in die Haare, kratzte sich am Kopf und ging nach Hause.

Was ist schon ein Fahrender, wenn er sein Pferd verliert? Ein Schiffbrüchiger, gestrandet auf einem Riff mitten im Ozean.

Die Bude blieb stehen, und nach einem Monat kümmerten sich die Leute nicht mehr darum. Ab und zu kam ein Kind, um ein paar Schüsse abzugeben. Aber das waren bloß kleine Fische. Manchmal tauchten am Samstagabend einige Burschen auf, doch wenn sie sahen, daß das Mädchen mit dem roten Haar nicht da war, verschwanden auch sie.

Alle, außer Diego, dem Jüngsten der Marossi.

Diego war ein eigenartiger Bursche, gerade zwanzig Jahre alt, breitschultrig und mit einem finsteren Gesicht. Er sprach nur, wenn etwas besonders Schwerwiegendes los war.

Jeden Samstagnachmittag kam er zur Bude. Diego nahm einen Karabiner, den ihm das Mädchen mit dem roten Haar reichte, und begann, Tontauben zu schießen.

Er schoß ein paar Stunden lang, und die einzigen Worte, die er sprach, waren «Guten Tag», wenn er kam, «Wieviel?» wenn er zahlen wollte, und «Guten Abend», wenn er ging.

Die Marossi waren Großpächter, seriöse Leute, denen es gut ging. Der Alte hatte sie alle unter der Fuchtel. Jeden Samstag gab er seinen Söhnen und Enkeln einen bestimmten Betrag für Vergnügungen und als Taschengeld. Kleider, Unterwäsche, Schuhe und Verpflegung bestritt der Alte selber.

Jeden Samstag bekam Diego fünfhundert Lire, und jeden Samstagabend ging er und schoß für fünfhundert Lire.

Das alles interessierte den Alten nicht und wollte ihn auch gar nicht interessieren.

«Jeder soll sein Geld ausgeben, wie es ihm paßt», sagte der alte Marossi. «Und wenn sich morgen jemand einen Unterseebootzerstörer kaufen will, so ist das seine Sache. Jeder soll das tun, was ihm Spaß macht.»

Und Diego hatte Spaß am Tontaubenschießen.

Unvermittelt brach der Winter herein. Dem Vater des Mädchens mit dem roten Haar ging es schlecht, und

Peppone ließ ihn ins Spital bringen. Er blieb nicht lange dort, denn schon nach einer Woche war er tot.

Das Mädchen blieb allein und wartete auf den einzigen Kunden am Samstag.

Der Kunde kam immer pünktlich, weil er ein leidenschaftlicher Schütze war und weil er sich nichts daraus machte, daß die Luft ein wenig frisch war. Und weil es eines Samstags in Hülle und Fülle zu schneien anfing, mochte der Rotschopf gar nicht mehr aus dem Karren steigen und verzichtete auch auf den letzten Kunden.

Nachmittags um fünf klopfte es an die Tür. Es war Diego, schneebedeckt wie der Mont Blanc.

Das Mädchen kletterte heraus, klappte die Plane hoch und reichte Diego den Karabiner. Dann brach es in Tränen aus.

Diego begann eiligst zu schießen, und weil das Mädchen fror, lud er sein Gewehr selber. Nach der üblichen Anzahl Schüsse legte er den Fünfhundert-Lire-Schein auf die Brüstung, trat aber nicht näher.

«Gehen wir auf ein Schwätzchen zum Pfarrer?» fragte Diego.

«Warum nicht, gehen wir», antwortete das Mädchen.

Jede Nacht stieg der alte Marossi hinunter, um einen Blick auf seine Tiere zu werfen. Diesmal, um halb eins, bemerkte er, daß eines der beiden Pferde fehlte.

Er weckte seine vier Söhne.

«Man hat die Stute gestohlen», erklärte er. «Wenn sie noch im Dorf ist, werden wir sie finden. Wenn sie aber schon außerhalb des Dorfes ist, muß sie über die Straße auf dem Damm gegangen sein, weil auf den Feldern kniehoch der Schnee steht. Zwei spannen an und suchen die Straße auf dem Damm flußaufwärts ab.

Mario und Gino nehmen das Motorrad mit Seitenwagen und kommen mit mir. Wir fahren die Straße flußabwärts.»

Sie erreichten die Straße auf dem Damm. Der zweirädrige Pferdekarren fuhr nach rechts, während das Motorrad sich in die andere Richtung wandte.

Nach zwanzig Kilometern ließ der Alte anhalten.

«Weiter vorn können sie nicht sein», sagte er. «Kehren wir um. Es schaut aus, als wären sie in die andere Richtung gegangen.»

Sie fuhren zurück, und nach etwa zehn Kilometern fiel das Licht ihres Scheinwerfers auf den alten Karren. Er hatte nach ihnen das Dorf verlassen.

Der Alte erkannte sogleich sein Pferd.

«Bieg nach links ab und lösch das Licht», befahl der Alte, und das Motorrad bog in ein Seitensträßchen ein. Sie hielten an, stiegen ab, packten die Doppelflinte und legten sich an der Straßenmündung auf die Lauer.

Unter dem kleinen Vordach des Karrens baumelte eine Laterne, und das Licht fiel auf das Gesicht Diegos, der auf einem Lumpensack saß und die Zügel in der Hand hielt. An seiner Seite hockte das Mädchen mit dem roten Haar. Sie sprachen nicht. Stumm wie Stockfische saßen sie da und schauten geradeaus.

«Keinen Laut!» zischte der Alte seinen Söhnen zu, von denen einer Diegos Vater war. Der Karren holperte vorbei und verlor sich im Nebel.

«Jeder muß seinem Schicksal folgen», sagte der Alte und stieg in den Seitenwagen. «Los, fahren wir heim und gehen wir wieder ins Bett.»

Diegos Vater, der das Motorrad fuhr, stieß einen tiefen Seufzer aus.

«Paß auf, wenn du fährst», sagte der Alte zu ihm.
«Jeder muß seinem Schicksal folgen. Auch auf einem
Karren, der von meinem Pferd gezogen wird.»

Cirottis Scheck

Rossetto war ein Junge wie all die andern, aber auch er wollte ein Motorrad haben. Nur zu schade, daß ein Motorrad immer eine schöne Stange Geld kostet.

Rossetto hatte keine feste Arbeit, er machte ein bißchen alles, vor allem Botengänge. Er hatte zwar ein Fahrrad, aber damit bringt man es nicht weit, denn man verliert Zeit und wird erst noch müde. Schon das lahmste Motorrad dagegen genügt, um außergewöhnliche Dinge zu vollbringen.

Rossetto fuhr ziellos auf dem Marktplatz von Roccanuova umher, schaute nach links und nach rechts und dachte dabei immer an das Motorrad.

Ein Feuerofen mit einem Seitenwagen für Lasten: das wär's gewesen! In einem Tag hätte er so viele Besorgungen gemacht, wie jetzt in zwei Wochen.

Er ließ die Stände mit Eisenwaren, Steingut und Kleidern hinter sich und wollte einen Blick auf den Viehmarkt werfen. An diesem Samstag war viel los: Ein Haufen Leute, die die Tiere betasteten, Mittelsmänner, die Geschäfte machen wollten.

Da sah er plötzlich Cirotti.

Der war aus seinem Dorf und einer der ganz Großen im Rindviehhandel. Rossetto brauchte nicht lange, um den Wink des Schicksals zu verstehen. Cirotti ging dahin und dorthin, betastete das Vieh, verhandelte mit den Pächtern und schien sich für alle Tiere zu interessieren, aber man merkte wohl, daß er es auf die Kühe des alten Bresca abgesehen hatte.

Rossetto kannte den alten Bresca, der in Molignana wohnte, gut, und er wußte, daß er das schönste Vieh in der Gegend hatte. Rossetto vertraute fest der Gunst des Schicksals. Und wirklich, endlich faßte ein Mittelsmann Cirotti am Arm und zog ihn zu der Herde des Bresca.

«Was soll das?» schrie Cirotti, der nicht mitgehen wollte. «Ich hab' sowieso schon zuviel gekauft!»

Rossetto war ganz sicher, daß Cirotti das Vieh des alten Bresca kaufen würde. Und nach einem stundenlangen Hin und Her gelang es dem Vermittler schließlich, daß die Rechte des Bresca und die des Cirotti sich fanden. Er bekräftigte den Handel, indem er seine große Pranke über den Handschlag der beiden legte.

Der Lastwagen, der das Vieh wegbringen sollte, stand schon bereit; die drei gingen laut palavernd auf die Laube eines Cafés zu.

Rossetto amüsierte sich und stellte sich so hin, daß er sie gut beobachten konnte.

Die drei setzten sich, diskutierten heftig gestikulierend noch eine ganze Weile, doch schließlich zog Cirotti eine Brieftasche hervor, die wie eine Ziehharmonika aussah, und begann Zehntausend-Lire-Scheine auf den Tisch zu zählen. Der alte Bresca kontrollierte das Geld und steckte es in seine Brieftasche. Dann griff er nach einem Blatt Papier und fing an zu schreiben, während der Vermittler diktierte.

Rossetto wurde es jetzt zu langweilig; da es schon Mittag war, mußte er seine Besorgungen erledigen. Man hatte ihm aufgetragen, einen Hammer zu kaufen:

er kaufte einen. Dann kaufte er noch einen zweiten, einen größeren, an einem anderen Stand. Einer mußte wohl richtig sein.

Die Hämmer steckte er in eine Einkaufstasche, die er bei sich trug, und dann suchte er einen Ort, wo er einen Teller Minestra und eine Portion Gulasch essen konnte. Als er an der Cafeteria unter der Laube vorbeiging, traten eben der alte Bresca, Cirotti und der Vermittler heraus. Der Vermittler verabschiedete sich, und die beiden andern machten sich zusammen auf den Weg.

Rossetto folgte ihnen in einiger Entfernung. «Wo die essen gehen, da kann man sicher sein, daß es gut ist», dachte er. Wo die Viehhändler und die Lastwagenfahrer hingehen, ißt man immer gut. Wenn man Lastwagen vor einer Trattoria sieht und Hunger hat, kann man nicht fehlgehen.

Im «Leon d'Oro» wimmelte es von lärmenden Gästen. Rossetto fand ein passendes Plätzchen, in ziemlicher Entfernung von Bresca und Cirotti.

Um drei waren Bresca und Cirotti noch eifrig am Trinken. Die Trattoria leerte sich, und auch Rossetto ging hinaus. Die Piazza lag verlassen da, der Markt war zu Ende. Rossetto setzte sich in eine Kaffee-Bar und blätterte in den Zeitungen.

Es war vier, als Bresca und Cirotti das Gasthaus verließen und eine Cafeteria aufsuchten. Rossetto wechselte den Platz und konnte so sehen, wie die beiden, um fünf, wieder aus der Cafeteria kamen und in eine Schenke gingen.

Die Zecherei dauerte bis sieben; dann kehrten die beiden noch einmal in den «Leon d'Oro» zurück, um Abendbrot zu essen. Um acht Uhr dreißig brachen sie

auf. Draußen verabschiedeten sie sich lachend und grö-
lend, und der alte Bresca begab sich zu den Stallungen.

Rossetto hatte schon gegen sechs Uhr, als es dunkelte,
sein Fahrrad vom Abstellplatz geholt und es außerhalb
des Dorfes hinter einer Hecke versteckt. Er fand es
wieder, hängte die Einkaufstasche an die Lenkstange
und stieg auf. Er fuhr nicht über die Hauptstraße, sondern über die auf dem Damm, die nach Prasecco führte,
und beim Ort Boscone die Hauptstraße schneidet. Bei
Boscone klettert die Straße den Damm hoch und läuft
diesen entlang. Dann, nach acht oder neun Kilometern,
teilt sie sich: rechts führt sie nach Molignaga, wo Bresca
wohnte, links geht sie zum Dorf vom Rossetto und Cirotti.

An der Verzweigung bei Boscone legte sich Rossetto
auf die Dammböschung und wartete. Er mußte eine
ziemliche Weile ausharren, doch endlich hörte er den
Hufschlag eines Pferdes und das Knirschen des Kieses
unter eisenbeschlagenen Rädern.

Zwar war es dunkel, aber der weiße Straßenstaub kam
ihm zu Hilfe: er erkannte das Gefährt des alten Bresca.
Der Karren holperte den Damm hinauf und dann wieder
hinunter. Der alte Bresca saß links auf dem Bock und
schlief, eingemummt bis zur Nasenspitze. Aber das
Pferd hatte nicht so viel Wein geladen wie sein Herr und
fand seinen Weg von allein. Als der zweirädrige Karren
unten am Abhang angekommen war, sprang Rossetto
auf sein Fahrrad und nahm die Verfolgung auf.

Nach hundert Metern hatte er den Karren eingeholt.
Er griff in die Einkaufstasche und zog einen der beiden
schweren Hämmer heraus. Er hob den Arm und trat in
die Pedale, während er an dem Wagen vorbeifuhr.

Der alte Bresca tat keinen Wank. Er schien, eingemummt wie er war, weiterzuschlafen, jedoch war sein Schädel zertrümmert.

Das Pferd trottete inzwischen gemächlich weiter. Rossetto warf den Hammer in den Kanal, fuhr ein wenig vor dem Pferd her, dann verlangsamte er das Tempo und wartete, bis sich das Fuhrwerk an seiner Seite befand. Während er mit der Linken das Lenkrad festhielt, filzte er mit der Rechten die Leiche des alten Bresca. Er durchsuchte alle Taschen und fand schließlich, unter dem Hemd versteckt, die dicke Ziehharmonika-Brieftasche.

Er warf die Beute in seine Einkaufstasche und beschleunigte seine Fahrt.

Die Straße war menschenleer. Nur Banditen und Betrunkene trieben sich zu dieser Stunde an solchen Orten herum. Von weitem sah er das funkelnde Licht des Madonnenaltars an der Abzweigung der Straße. Als er vor der kleinen Kapelle war, konnte er nicht mehr widerstehen: er holte die Brieftasche heraus, um das Geld zu betrachten.

Das Banknotenbündel war dick, aber es waren nur neunzehn Fünfhundert-Lire-Scheine, je zwei der Länge nach gefaltet und mit einem Gummiband zusammengehalten. Dabei lag aber auch ein weißer Zettel, mit der Unterschrift Cirottis auf den Namen des alten Bresca ausgestellt: «Zahlen Sie gegen diesen Scheck die Summe von Lire ...»

Rossetto fluchte; mit diesem Geld hätte er zwei Motorräder kaufen können. Aber es war sinnlos. Dieses verdammte Ding auf einer Bank vorzuweisen, wäre das gleiche gewesen, als ob man gesagt hätte: «Ich habe ihn umgebracht.»

Ganz mechanisch steckte Rossetto das Notenbündel wieder in die Brieftasche. Und noch etwas beunruhigte ihn: Wo waren all die Zehntausender geblieben? Zehntausendernoten hatte Cirotti dem alten Bresca gegeben. Er hatte es selber mit eigenen Augen gesehen. Banknoten, keinen Scheck!

Das Herz schlug ihm bis zum Hals: jemand näherte sich. Er hatte nicht aufgepaßt, ob ihm jemand gefolgt war, jetzt war es zu spät. Er duckte sich, so gut es ging, ins Gras und hielt den Atem an.

Es war der Karren, und er hielt genau vor der Madonnenstatue.

Es war das Gefährt des alten Bresca, und Rossetto sah den Alten, wie er ihn zurückgelassen hatte.

Rossetto bekam es mit der Angst zu tun. Tausendmal hatte der alte Bresca vor diesem Schrein angehalten, um ein Avemaria zu beten, und so hatte das Pferd gelernt, dort von allein stehenzubleiben. Es brauchte wenig, um das zu verstehen, aber Rossetto dachte, es habe seinetwegen haltgemacht.

Er schleuderte die Brieftasche gegen den Karren, sprang auf sein Rad und raste auf der Straße nach links davon, als wären alle Teufel der Schöpfung hinter ihm her.

Das Pferd trabte wieder an und nahm die Straße nach rechts. Rossetto fuhr wie wild die fünf Kilometer bis zu dem Dorf, wo er wohnte, und kaum war er in das Sträßchen eingebogen, das zu seinem Haus führte (ein Sträßchen etwa fünfhundert Meter vor dem Ort), wurde er von einem Auto überholt. Es war Cirotti.

«Verfluchter Kerl!» schrie ihm Rossetto nach.

Zwei Jahre später war der Mord am alten Bresca noch immer ungeklärt, aber eines Abends sprach Cirotti bei Don Camillo im Pfarrhaus vor.

«Ich hab' den Teufel im Leib», sagte er. «Wenn Ihr mir nicht helft, gehe ich drauf.»

«Ihr könnt ganz offen reden», versicherte ihm Don Camillo.

«Seit zwei Jahren nagt es mir an der Leber, Hochwürden. An dem Abend, an dem der arme Bresca umgebracht wurde, bin ich kurz nach ihm mit dem Auto weggefahren. Vor dem Madonnenschrein an der Straßengabelung sah ich etwas Schwarzes am Boden liegen und hielt an. Es war eine Brieftasche mit etwas Kleingeld drin und einem Scheck über vierhunderttausend Lire. Das Kleingeld warf ich in den Opferstock, aber den Scheck behielt ich.»

«Und, habt Ihr ihn eingelöst?»

«Nein, ich habe ihn verbrannt, weil er von mir selber auf den Namen des alten Bresca ausgestellt war, um die gekauften Rinder zu bezahlen.»

Don Camillo breitete die Arme aus.

«Aber Ihr habt später gesagt, daß Ihr ihm fünfhunderttausend Lire in Zehntausendernoten gegeben habt und daß es dafür Zeugen gab. Was hat der Scheck mit der Geschichte zu tun?»

«Ich hatte ihm in Gegenwart von Zeugen fünfzig Zehntausend-Lire-Scheine gegeben, dann aber blieben wir allein und fingen an herumzusaufen, bis es spät wurde. Schließlich sagte der Bresca, er habe Angst, nachts mit so viel Geld heimzufahren und meinte: ‹Ich verstecke hunderttausend Lire im Karren. Nimm die vierhunderttausend zurück und stell mir einen Scheck

darüber aus. Den wird mir niemand stehlen.› Ich schrieb
den Scheck aus. Und so lag er, als ich die Brieftasche
fand, noch drin. Dann aber, als der Mord an dem Bresca
bekannt wurde, hab' ich ihn verbrannt. Doch dieses
Geld hat mir nur Unglück gebracht, und ich will nichts
mehr damit zu tun haben. Damals hab' ich bezeugt, ich
hätte ihn bar bezahlt, und alle glauben, der alte Bresca
sei von Bauern umgebracht und ausgeraubt worden.
Wie kann ich jetzt sagen, daß ich mit einem Scheck
bezahlt habe?»

Don Camillo verhielt ein paar Augenblicke schweigend.

«Bringt mir das Geld, und ich werde es der Familie
zukommen lassen. Wir müssen keine Erklärung darüber
abgeben, was uns unter dem Siegel des Beichtgeheim-
nisses anvertraut wird.»

Cirotti hatte schon alles bereit. Er reichte ihm das
Päckchen.

«Ist meine Schuld nun beglichen?» fragte er.

«Nein, Ihr habt nur unrecht erworbenes Gut zurücker-
stattet.»

Cirotti zog ein weiteres Bündel Zehntausendernoten
aus dem Sack:

«Da sind noch mal hunderttausend für die Speisung der
Armen. Auf die Spendenliste könnt Ihr getrost meinen
Namen setzen; das hier ist mein Geld.»

Don Camillo gab keine Antwort. Cirotti verließ das
Pfarrhaus, und während er in sein Auto stieg, brummte
er in seinen Bart:

«Das hatte ich erwartet, Es war richtig, daß ich gesagt
habe, der Scheck sei über vierhunderttausend statt fünfhunderttausend gewesen. Es braucht schon mehr als

einen Priester, um dem Cirotti beizukommen! Ich hab'
ein gutes Geschäft gemacht!»

Aber Christus hatte ein gar feines Gehör. Er vernahm
diese Worte und schüttelte mißbilligend das Haupt. Bei
ihm ging Cirottis Rechnung nicht auf.

Die schwarz-weiße Katze

Giorgino del Crocilone betrat das Sprechzimmer des Pfarrhauses; er schien noch betrunkener als gewöhnlich.

Giorgino del Crociione war noch keine fünfunddreißig Jahre alt, ein kräftiger Mann, aber bei dem Schweineleben, das er schon seit längerer Zeit führte, war er frühzeitig gealtert.

«Ich bin hier», brummte Giorgino, während er mit gesenktem Kopf dastand und den verschmierten Hut in den Händen drehte.

«Jawohl», antwortete Don Camillo. «Es ist schon eine Weile her, seit wir uns gesehen haben. Nicht einmal bei deiner Hochzeit wolltest du den Pfarrer sehen. Und hast du bemerkt, wie das ausging? Ihr müßt euch in eure Köpfe einhämmern, daß ein Bürgermeister, auch wenn er so kräftig wie Peppone ist, es nicht allein schafft, zwei Christenmenschen für das ganze Leben zusammenzubinden.»

Giorgino strich sich mit der Hand über die Stirn. «Ich wollte kommen, aber ich konnte nicht», sagte er.

«Das ist nun vorbei», seufzte Don Camillo, «und außerdem, wenn du willst, ist es noch nicht zu spät, sich mit Gott auszusöhnen. Was willst du jetzt? Setz dich und sprich.»

Giorgino ließ sich in einen Sessel fallen. Aber sofort sprang er wieder hoch, riß wie irr beide Augen auf und

seine Stimme zitterte vor Angst: «Die Katze!» keuchte
er.

In gewissen Gegenden, wenn einer stockbetrunken
ist, sagt man, er habe einen Affen, und so sagte Don
Camillo ruhig: «Katze? Ich würde eher von einem Affen
reden.»

Aber Giorginos Rausch beschränkte sich nur auf seine
Beine. Im übrigen sprach er ganz vernünftig, und in
seinen Augen glitzerte etwas, das gar nichts mit Alkohol
zu tun hatte.

«Setz dich wieder hin», sagte Don Camillo, «reg dich
nicht auf, sprich in aller Ruhe. Hier sind keine Katzen.
Schau dich um, Giorgino. Schließ die Tür und dann setz
dich.»

«Sie ist nicht hier, aber sie kommt noch», sagte Giorgino schließlich, «sie ist überall, diese verfluchte schwarz-
weiße Katze. Seit jenem Abend verfolgt sie mich.»

Giorgino del Crocilone war im März 1945 mit Peppone
und seinem Partisanentrupp in der *Macchia,* und am
Abend des 23. erklärte er, er müsse rasch ins Dorf, um
eine Rechnung zu begleichen.

«Entweder bringe ich die Sache jetzt in Ordnung oder
nie mehr. Jetzt wird alles liquidiert, und wenn man sich
nicht beeilt, findet man keinen mehr vor, wenn der
Umsturz kommt.»

«Geschäfte dieser Art behagen mir nicht», erwiderte
Peppone, «jetzt muß man die persönlichen Belange
vergessen.»

Giorgino schüttelte den Kopf. «Mein Bruder sitzt im
Konzentrationslager, und wer ihn denunziert hat, muß
bezahlen. Wenn du mich nicht gehen läßt, hau ich ab.»

«Dann hau ab», antwortete Peppone und kehrte ihm den Rücken zu.

Giorgino kam bis zur Tenne der Gianelli, als es bereits zehn Uhr war. Er drückte vorsichtig die Falle der Haustür, und die Tür ging auf. Er befand sich in der Küche, und vor dem Kaminfeuer saß die alte Gianelli in ihrem Rollstuhl.

Die Alte konnte kaum die Arme bewegen, denn vor zehn Jahren hatte sie der Schlag getroffen, aber ihre Zunge funktionierte noch gut.

«Was willst du?» fragte die Alte.

Giorgino zielte mit der Maschinenpistole auf ihre Brust.

«Schweig!» zischte er.

Die Alte zuckte die Schultern. «Unnötig, leise zu reden, ich bin allein in diesem Haus zurückgeblieben.»

«Wenn du auch nur das Maul aufmachst, bringe ich alle um», flüsterte Giorgino.

Dann stieg er in den ersten Stock und fand nur leere Betten. Auch in der kleinen Stube und im Keller entdeckte er niemanden. Der kleine Stall war verlassen, die Scheune leer.

«Sie sind mit all ihren Sachen fortgegangen», sagte die Alte, als Giorgino zurückkam.

Giorgino schäumte vor Wut. Er stieß die Mündung der Maschinenpistole zwischen die Rippen der Alten.

«Wohin sind sie gegangen?»

«Weiß ich nicht», antwortete die alte Gianelli.

«Wenn du mir nicht sagst, wohin sie gegangen sind, knall ich dich ab.»

«Ich weiß es nicht», erwiderte die Alte, «laß mich in Ruhe!»

Giorgino blieb beharrlich stehen, aber die Alte hatte einen Dickschädel.

«Dann wirst eben du für die anderen bezahlen», sagte Giorgino und feuerte eine kurze Salve ab.

Die Alte blieb steif und unbeweglich in ihrem Rollstuhl vor dem Kamin sitzen. Es hätte auch so nicht viel gebraucht, sie umzubringen, denn der Schlaganfall hatte ihr wenig Lebenskraft gelassen.

Giorgino verhielt sich einen Augenblick ganz still und lauschte, ob sich etwas rege. Aber die nächtliche Stille wurde nicht einmal von Hundegebell unterbrochen. Selbst die Hunde hatten in jenen unglückseligen Zeiten das Bellen verlernt. Und wer in der Nacht einen Schuß hörte, sagte sich, es sei der Wind, der einen Fensterladen zuschlägt.

Giorgino hörte also keinen Laut, aber er hatte das deutliche Gefühl, daß ihn jemand beobachte. Er drehte sich zum Fenster um und sah zwei weitgeöffnete Augen, die ihn hinter den Scheiben anstarrten.

Die Salve hämmerte los, bevor Giorgino auch nur ans Schießen dachte. Die Scheiben splitterten, aber die Katze rannte weg. Giorgino sah sie genau, weil das Aufflammen der Feuergarbe sie beleuchtete. Es war eine große schwarz-weiße Katze.

Diesmal dauerte die Salve länger als die erste, und bald darauf durchbrach lärmiges Tack-Tack von Maschinengewehren die Stille der Nacht.

Die deutsche Garnison hatte Alarm geschlagen, und Giorgino floh durch die Felder auf den Fluß zu. Bevor er in Sicherheit war, pfiffen zweimal Kugeln knapp drei Finger breit an seinem Kopf vorbei.

Die Ereignisse nahmen ihren Lauf, und Giorgino

kehrte mit den anderen des Partisanentrupps ins Dorf
zurück. Niemand hatte auch nur die geringste Idee, von
wem die alte Gianelli umgelegt worden war. Im übrigen
waren dies Fragen, die man vergessen wollte, schließlich
wehte in jener Zeit ein rauher Wind.

Hin und wieder aber dachte Giorgino an die verfluchte Katze. Eines Abends, während er gerade einzu-
schlafen versuchte, spürte er, daß ihn zwei Augen
anschauten, und als er zum Fenster blickte, sah er die
schwarz-weiße Katze auf dem Fenstersims sitzen, die ihn
anstarrte wie an jenem Abend.

Er schleuderte einen Schuh nach ihr, der aber nur die
Scheibe zerbrach. Doch in dieser Nacht konnte Giorgino
nicht schlafen.

Noch mehrere Male begegnete Giorgino der schwarz-
weißen Katze. Dann fühlte Giorgino plötzlich zwei
Augen auf sich ruhen, und wenn er sich umdrehte, war
da die schwarz-weiße Katze, die ihn anstarrte.

Es wurde zum Alptraum. Eines Abends, als er sein
Zimmer betreten hatte, entdeckte er, daß die schwarz-
weiße Katze auf seinem Bett kauerte. Das Licht
brannte, und er konnte sie deutlich sehen. Er schloß die
Tür und schob den Riegel vor. Das Fenster war zu.

«Diesmal entwischst du mir nicht», sagte Giorgino,
während sein Herz fast zersprang. Die Doppelflinte hing
an der Wand. Giorgino streckte die Hand nach ihr aus,
aber die Katze sprang plötzlich vom Bett herab, kroch
blitzschnell in den Kamin und verschwand, wie sie
gekommen war.

Giorgino konnte nicht schlafen, ohne sich vorher mit
Wein vollaufen zu lassen. Aber als er am nächsten
Morgen mit verdorbenem Magen aufwachte und einem

Kopf, der fast zerplatzte, blickte er sofort zum Kamin: dort saß die schwarz-weiße Katze und starrte ihn an.

Giorgino entschloß sich zu einer kleinen Luftveränderung. Er ging in die Stadt, arbeitete in einer Transport-Genossenschaft und schlief in einer miesen Mansarde. Aber auch dort konnte er nur wenig schlafen. Schon am zweiten Morgen, als er die Augen öffnete, sah er die schwarz-weiße Katze, die ihn durch das Fenster der Mansarde anstarrte. Rasend vor Angst kletterte er auf das Dach, und rannte heulend, so wie er gerade war, im Hemd, dem Tier nach.

Sogleich sprach es sich herum, ein Irrer laufe nackt über die Dächer. Man höre ihn schreien. Giorgino fand gerade noch Zeit, in seine Mansarde zurückzukehren, sich anzukleiden und davonzulaufen. Seine Papiere waren nicht in Ordnung, und außerdem hatte er ein schlechtes Gewissen. Er machte sich wieder auf den Weg ins Dorf, traf zu Hause ein: vor der Tür wartete eine schwarz-weiße Katze auf ihn.

Jetzt hatte er nicht mehr den Mut, allein in dem einsamen Häuschen zu leben. Da war aber ein unglückliches Mädchen, das seit einem Jahr sein Geschwätz anhörte. Er heiratete sie.

In die Kirche wollte er nicht gehen, wegen der Politik, sagte er, doch in Wirklichkeit fehlte ihm der Mut dazu. Das unglückliche Mädchen entpuppte sich als eine sehr brave Frau.

Sie war ein sanftes, freundliches Geschöpf, das immer ja sagte, auch wenn sie lieber nein gesagt hätte. Alles verlief gut, bis zu jenem Tag, als Giorgino heimkehrte und die Frau in dem kleinen Hof antraf, wie sie gerade der schwarz-weißen Katze ein Schälchen Milch hinstellte.

«Was soll das bedeuten?» schrie Giorgino, während die Katze davonrannte.

«Das arme Tier kommt immer hierher», erklärte die Frau, «es mag mich. Darin sehe ich nichts Böses.»

Giorgino wurde rasend. Er gab der Frau eine Ohrfeige. Es war die erste, aber nicht die letzte.

Dann wurde ein Kind geboren, und das ließ Giorgino die schwarz-weiße Katze für eine Weile vergessen. Aber die Katze kam wieder.

Eines Tages nahm Giorgino das Kind auf den Arm, um es zum Arzt zu bringen. Er stieg auf sein Fahrrad und fuhr gemächlich die verlassene Straße entlang. Plötzlich rannte die schwarz-weiße Katze aus einer Hecke quer über die Straße, gerade vor ihm, als ob sie vom Vorderrad überfahren werden wollte.

Giorgino bremste und gab der Lenkstange einen kräftigen Ruck. Die Straße war steinig und sein einer Arm mit dem Kind behindert. Er schlitterte samt dem Fahrrad in den Kies und stürzte zu Boden, wobei das Kind heftig mit dem Kopf gegen einen Wegstein schlug.

Halb wahnsinnig trottete Giorgino nach Hause, das tote Kind auf dem Arm. Da rebellierte seine Frau zum ersten Mal, stürzte auf ihn los und schrie:

«Du läßt dich ständig mit Wein vollaufen und kannst nicht einmal geradestehen. Wärst du nicht besoffen gewesen, dann wärst du nicht gefallen und das Kind wäre nicht tot.»

Giorgino hatte nicht mehr die Kraft zu antworten.

Die Frau verließ ihn, ging zu ihrer Familie zurück und ließ ihm ausrichten, wenn er sich noch einmal bei ihr sehen lasse, werde sie ihn mit Gewehrschüssen empfangen.

Verzweifelt ergab sich nun Giorgino ganz dem Wein, aber das machte die Sache nur noch schlimmer. Denn sobald der Alkohol seine Wirkung verlor, sah er die schwarz-weiße Katze, auch wenn sie gar nicht da war.

Zwei Jahre vergingen, aber die schwarz-weiße Katze blieb ihm immer auf den Fersen. Eines Tages hatte er plötzlich eine Pistole in der Hand und wollte sich erschießen, aber ein gräßlicher Gedanke ließ ihn zurückschrecken. Und so ging er zu Don Camillo.

Don Camillo hörte sich die Geschichte an, und als Giorgino geendet hatte, sagte er leise zu ihm:

«Ich verstehe, mein Sohn, ich verstehe alles. Aber du mußt vernünftig denken. Du darfst dich nicht von dieser fixen Idee überwältigen lassen.»

«Fixe Idee! Fixe Idee! Schaut doch, Hochwürden!»

Die schwarz-weiße Katze saß auf dem Fenstersims, und Don Camillo sah sie gut, bevor sie hinuntersprang.

«Es ist keine fixe Idee, Hochwürden, ganz und gar keine fixe Idee. Ich hätte mich erschossen, wenn ich nicht an etwas Entsetzliches gedacht hätte», jammerte Giorgino verzweifelt. «Ich habe alles verloren, Hochwürden. Meinen Sohn, meine Frau, meine Arbeit, meine Gesundheit, meinen Frieden. Nichts ist mir geblieben, und ich bin zum Sterben bereit. Und ich würde gerne sterben. Aber ich will nicht, daß sich diese Katze auf mein Grab setzt. Im Leben, ja, aber über das Leben hinaus, nein. Helft mir, sonst setzt sich die Katze auf mein Grab.»

Don Camillo trat ans Fenster. Draußen, zwei Meter

vom Fenster entfernt, saß die schwarz-weiße Katze und wartete. Don Camillo schaute ihr direkt in die Augen.

«Was soll ich tun?» keuchte Giorgino, «ich kann nicht einmal mehr sterben, wenn Ihr mich nicht von dieser Angst befreit!»

Don Camillo legte seine riesige Hand auf Giorginos Schulter.

«Du mußt nicht sterben», sagte er, «du mußt für dein Verbrechen bezahlen, mit dem ganzen Leben, das Gott dir geschenkt hat. Nur wenn du bezahlt hast, wird sich die Katze nicht auf dein Grab setzen, wenn du gestorben bist.»

«Ich werde mich stellen», schrie der Mann, «ich werde meine Schuld bezahlen.»

«Nein, du mußt die Schuld gegenüber Gott begleichen. Und das ist schwer. Die Schuld gegenüber der menschlichen Justiz zu begleichen, das ist leicht.»

Don Camillo ging hinaus. Die schwarz-weiße Katze funkelte ihn an, bewegte sich aber nicht.

Es war zwei Uhr nachmittags, ein Sommernachmittag mit einer Sonne, die die Steine zum Zerspringen brachte. Das Dorf lag verlassen da, alle Fensterläden waren geschlossen und die Leute schliefen.

Don Camillo gab ein Zeichen, und Giorgino schlurfte zu ihm her. Die Katze saß noch immer regungslos da. Sie schaute nach oben und wartete.

«Bruder», sagte Don Camillo zu Giorgino, «geh und kehre in dein Haus zurück, kehre zu deiner Arbeit zurück. Finde deine Frau wieder und finde Frieden mit deinem Leid. Geh – und möge dich das Leid nie verlassen. Deine schreckliche Sünde steht in den Augen dieses unschuldigen Tieres geschrieben. Gott hat es ausgesucht, um dein Gewissen wachzurütteln. Mögen seine Augen dich immer anschauen und dich an dein Verbrechen erinnern, damit du es bereust. Geh, Bruder.»

Giorgino blickte Don Camillo an, dann machte er sich langsam auf den Weg.

«Und du geh auch», sagte Don Camillo zu der Katze.

Die schwarz-weiße Katze erhob sich und holte gemächlichen Schrittes Giorgino ein, der angehalten hatte.

Giorgino drehte sich um, und auch die Katze drehte sich um.

«Geht», sagte Don Camillo, «möge Gott euch den Frieden geben.»

Der Mann machte sich auf den Weg, und die schwarz-weiße Katze folgte ihm. Dann verschwanden sie zusammen.

Darauf kniete Don Camillo vor Christus am Hochaltar. Sein Gesicht war schweißgebadet, und sein Kopf war leer.

«Jesus», stammelte er, «ich weiß nicht, ich weiß nicht, was ich getan habe.»

«Aber ich weiß es», antwortete Christus lächelnd.

Draußen regte sich nichts unter der strahlenden Sonne. Nur ein Dunstschleier, der aus der Erde emporstieg, schwebte in der Luft, und die Zikaden zirpten, ganz so, wie es die Romane aus dem achtzehnten Jahrhundert erzählen.

Das Wasser des großen Flusses schien stillzustehen, aber es floß. Denn das Herz des alten Flusses, in dem schon meine Alten sich als Kinder spiegelten, und der mir diese Geschichten der Lebenden und der Toten erzählt, schlägt langsam.

98

Die Untersuchung

Unter dem kleinen Laubengang des Gemeindehauses hatte sich ein großer Haufen Leute versammelt, die alle darauf warteten, vom Bürgermeister empfangen zu werden, und der Smilzo teilte an die Neuankömmlinge Nummern aus, während Fulmine unter der Tür die Nummern aufrief und den Amtsverkehr regelte.

Die Leute waren ungeduldig, stampften mit den Füßen und schimpften, weil der zuletzt Vorgelassene, die Nummer 32 – «Der Teufel soll ihn holen!» – einfach nicht wieder herauskam.

«Wenn es so langsam weitergeht», schimpfte eine Frau, «stehen wir noch um Mitternacht da.»

«Beim Innenminister wird man wohl leichter empfangen, hm?» gab der Smilzo gleichmütig zurück.

Im selben Moment hielt genau vor dem Eingang ein Auto, und ein kleiner, gebrechlicher alter Priester stieg aus, bis zur Nasenspitze in einen schwarzen Schal gemummt.

«Bitteschön, empfängt der Herr Bürgermeister?» wandte er sich fragend an den Smilzo.

«Sechzig!» rief der und reichte dem Mann, ohne ihn auch nur anzusehen, ein Nummernkärtchen.

«Dreiunddreißig!» schrie in diesem Augenblick Fulmine und ließ den nächsten in der Reihe eintreten.

Der alte Priester bedankte sich mit einem Kopfnicken, ging zum Auto und setzte sich wieder hinein.

«Während die einen in der Kälte krepieren, hockt der mit seinem Hintern auf warmen Kissen», stichelte gehässig eine Frau.

«Was geht das Euch an?» antwortete einer aus der Gruppe. «Hättet Ihr ein Auto, so würdet Ihr's wohl genauso machen! Und überdies ist der ja steinalt, seht Ihr denn das nicht?»

«Auch ich bin alt!» motzte eine andere Frau im Hintergrund, «und ich stehe seit heute Morgen hier und hab' gewiß nicht so viele Brathähnchen im Magen wie der!»

«Bald ist Schluß damit! Bald ist Schluß mit der Schlaraffenherrlichkeit für Tagediebe, die auf Kosten des Volkes leben!» schrien andere.

Der Smilzo, der sich neben der Nummernausgabe auch noch dazu berufen fühlte, die Rechte des Volkes zu verteidigen, mischte sich ein.

«He!» posaunte er in Richtung des Automobils. «Hier herrscht Halteverbot! Und merkt Euch, falls einer nicht da ist, wenn seine Nummer aufgerufen wird, verliert er seinen Platz und muß hinten anschließen!»

Der alte Gottesmann stieg wieder aus und gab dem Fahrer ein Zeichen, der den Wagen anließ und wegfuhr. Dann stellte er sich im Laubengang an den Schluß der Schlange.

«Bravo, Smilzo, großartig!» grunzten die Frauen zufrieden, und alle wandten ihre Aufmerksamkeit dem alten Priester zu, der, unbeweglich wie eine Statue auf seinen Stock gestützt, geduldig im Schutze eines Pfeilers wartete.

Zehn Minuten verstrichen. Da ging ein Name durch die Menschenschlange, und alle schauten auf den Alten, der die schwarze Schärpe, die bisher sein Gesicht verhüllt hatte, abgenommen hatte. Verwirrt starrten sie ihn eine Weile an; dann öffnete sich die Doppelreihe, als hätte jemand einen Befehl erteilt.

«Treten Sie vor, Monsignore», stotterte der Smilzo und kam mit der Mütze in der Hand näher.

«Danke, danke», antwortete lächelnd der alte Bischof. «Ich hab' genügend Zeit zum Warten, daheim hab' ich ohnehin nichts zu tun. Machen wir's so, wie es sich gehört.»

«Treten Sie doch bitte vor», drängte der Smilzo. Und der Bischof schritt lächelnd und dankend durch die beiden Reihen. Der Bürgermeister Peppone hatte soeben die Nummer Dreiunddreißig abgefertigt, als die Tür unvermutet aufging und der Bischof vor ihm stand.

«Ich bin gekommen, Herr Bürgermeister, um Sie zu fragen, ob Sie mir einige Minuten Ihrer kostbaren Zeit opfern könnten», sagte er.

Peppone hatte sich von seiner Überraschung erholt.

«Eminenz», strahlte er, «auch wenn Sie mich hätten rufen lassen, wäre ich zu Ihnen gekommen.»

«Nein, nein», antwortete der Bischof lächelnd, «man soll keine Verflechtung zwischen Staat und Kirche zulassen. Wenn der Bürgermeister den Bischof zu sprechen wünscht, so geht er zum Bischof. Und wenn der Bischof den Bürgermeister braucht, so geht er zum Bürgermeister.»

Der Bischof war uralt, und seine Stimme war so leise, als käme sie aus einer anderen Welt. Aber wenn der Bischof sprach, brauchte man keinen Lautsprecher, denn die Leute hielten den Atem an, um ihn zu hören.

«Ich bin wegen dieser anonymen Schmähschrift gekommen, in der Don Camillo schwerer Amtsmißbrauch vorgeworfen wird. Sie wissen doch, Herr Bürgermeister, wovon ich rede?»

«Äh, ja, natürlich ... Ich hab' sie gelesen, wie alle andern auch.»

«In diesem Dorf hat Don Camillo viele Feinde», seufzte der Bischof. «Die schlimmsten aber hat er unter jenen, die sich sehr ergeben zeigen und vortäuschen, auf dem Pfad der Tugend zu wandeln, am Busen jedoch ein Nest voller Schlangen hegen. Und es ist sehr schmerzlich für uns, daß wir, um die Wahrheit herauszufinden, gerade an die Tür derer klopfen müssen, die erklärtermaßen unsere Gegner sind. Aber wir schätzen Ihre Ehrenhaftigkeit über alles, Herr Bürgermeister, und die Wahrheit kann nur über die Lippen eines Ehrlichen kommen. Wir bitten Sie also um Ihre Hilfe, um durch eine Untersuchung zu klären, was an den Anschuldigungen gegen Don Camillo richtig und was falsch ist.»

Peppone nickte zustimmend.

«Eine strenge Untersuchung», wiederholte der Bischof. «Das ist Ihre Pflicht als Bürgermeister und, wenn Sie das Wort nicht beleidigt, als Christ. Keine Bange: Wenn Don Camillo für schuldig befunden wird, muß er für seine Fehler büßen. Sie haben die Vollmacht, ihn zur Rede zu stellen, und Don Camillo wird von mir die Weisung erhalten, auf jede Ihrer Fragen zu antworten, die für die Untersuchung von Bedeutung ist. Ich bin Ihnen dankbar, daß Sie mir so viel von Ihrer kostbaren Zeit geopfert haben.»

Oben an der Wand, hinter Peppones Rücken, hing über dem Bild Garibaldis kein Kruzifix mehr, aber das Kreuz hatte auf dem schmutzigen Verputz einen noch fast weißen Abdruck hinterlassen.

«Es ist nicht da, und es ist doch da», lächelte der Bischof. «Doch wenn mit der Zeit der Rauch des Ofens die Wand vollends verrußt haben wird, wird auch der Abdruck verschwunden sein ...»

Der Bischof schüttelte das Haupt und seufzte traurig.

«Ich sollte das vielleicht nicht sagen, aber ich fürchte, daß der Rauch der Fabriken sehr bald schon dieses Zeichen von der Erde tilgen wird. Glauben Sie nicht?»

«Nein, nein! So schnell geht das nicht! Das dauert noch seine Weile», beteuerte Peppone, der das Kruzifix eigenhändig von der Wand im Gemeindehaus abgenommen, aber daheim über sein Bett gehängt hatte. «Das Wunder des Christentums kann auch in einer progressiven Welt seinen Platz haben.«

«Sie geben mir ein wenig Trost», seufzte der Bischof. «Sie geben mir ein wenig Trost, Herr Bürgermeister.»

Als der Bischof sich umdrehte, fand er den ganzen Gemeinderat versammelt. Einer nach dem andern war leise hereingekommen.

Der Smilzo hatte unterdessen den roten Festteppich über die Treppenstufen geworfen, und einer vom Pikettdienst im Volkshaus hielt mit einem roten Tuchfetzen die Leute des Dorfes in Zaum, die sich alle auf der Piazza versammelt hatten.

Begleitet von Peppone und seinem Generalstab, schritt der Bischof zwischen zwei Menschenmauern hindurch über den Dorfplatz. Bei seinem Wagen angekommen, drehte er sich um und erteilte seinen Segen.

Auch Don Camillo war da und schickte sich an, den Ring des Bischofs zu küssen, doch dieser zog seine Hand zurück.

«Wir wissen noch nicht, ob Ihr dessen würdig seid»,

sagte er streng. «Die Stimme des Volkes ist die Stimme Gottes! Warten wir das Urteil des Volkes ab!»

Er verschwand im Fond des Wagens, der sich sogleich in Bewegung setzte.

«Verdammt noch mal!» rief der Smilzo. «Das sind wenigstens noch Bischöfe, die dem Volk Genugtuung geben!»

«Großer Ausnahmefall!» bestätigte Peppone. «Dieser Mann hat die Geistesschärfe und Intelligenz eines Togliatti, die Vornehmheit eines Terracini, die Philosophie eines Secchia, die Bildung eines Sereni und Verständnis für das Proletariat wie ein De Vittorio. Leute wie dieser fehlen uns!»

«Es gibt sie, aber man braucht ihrer fünf, um einen draus zu machen!»

Unterdessen schaukelte der Bischof, der nicht die leiseste Ahnung davon hatte, daß er die Tugenden des gesamten kommunistischen Parteiausschusses in sich vereinigte, der Stadt zu. Unterwegs ließ er einmal anhalten, damit der Fahrer bei einem nahen Wäldchen nachschauen konnte, ob die Veilchen schon aufgegangen waren.

Der Fahrer ging und kehrte nach einer Weile wieder zurück.

«Nein, sie blühen zwar noch nicht, aber sie sind schon da, Monsignore!»

«Bestens», antwortete der alte Bischof. «Dann hat sich also daran seit Millionen Jahren nichts geändert. Und fahr langsam, Giacomo, du weißt, daß der Tod mir folgt. Wir möchten doch nicht den Eindruck erwecken, daß wir ihm entrinnen wollen.»

Noch am selben Tag wurde von Peppone der Untersuchungsausschuß des Volkskomitees einberufen. Er hatte, neben seinem ganzen Generalstab, eine Menge Leute dafür aufgeboten.

Die Untersuchung wurde mit äußerster Schärfe und Gründlichkeit geführt. In der dritten Sitzung wurde Don Camillo öffentlich befragt.

Peppone erhob sich.

«Der Untersuchungsausschuß des Volkskomitees, einberufen gemäß demokratischem Willen Seiner Exzellenz des Herrn Erzbischofs, hat nach Abschluß seiner Nachforschungen, die nach bestem Wissen und Gewissen und mit allergrößter Sorgfalt durchgeführt wurden, festgestellt, daß die in der Schmähschrift angeführten Punkte reine Verleumdung und lügnerische Erfindungen sind. Während der Untersuchungsausschuß die Achtung gegenüber Seiner Exzellenz dem Herrn Erzbischof bestätigt, bedauert Don Camillo, daß es sich um schnöde und gänzlich unfundierte Behauptungen von unbekannten Individuen handelt. Bürger Don Camillo: Haben Sie noch etwas hinzuzufügen, das geeignet wäre, dem Untersuchungsausschuß bei seinem gegenwärtigen Bemühen, Gerechtigkeit walten zu lassen, zu helfen?»

«Ja», antwortete Don Camillo. «Der Bürger Don Camillo ist gerne geneigt, dem zu verzeihen, der diesen eher dummen als verbrecherischen Akt zuwege gebracht hat, und er dankt dem Untersuchungsausschuß des Volkskomitees für seine Bemühungen im Interesse der Gerechtigkeit.»

«Amen», sagte der Smilzo laut, der die famose Schmähschrift selber in der Stadt hatte drucken lassen und sie dann persönlich an die Wände und Mauern heftete.

Um die Sache auszugleichen, war es nun ebenfalls er, der den Beschluß der Untersuchungskommission drukken ließ und ihn ebenfalls eigenhändig anschlug.

Das letzte Plakat wollte er an der Tür des Pfarrhauses befestigen, und Don Camillo, der wie gewohnt auf dem Bänklein saß und seine halbe Toscana rauchte, ließ ihn gewähren. Dann, als der Smilzo fertig war, stellte er sich vor das Plakat und las.

«Du solltest dir auch eines auf dein Gewissen nageln», forderte er den Smilzo auf.

«Euch etwas Gutes zu tun, ist reine Verschwendung», antwortete der Smilzo. «Ihr seid die Undankbarkeit in Person. Ihr seid ...»

Weiter konnte er seinem Unmut nicht mehr Luft machen, weil Don Camillo blitzschnell einen halben Backstein ergriff und nach ihm schleuderte. Nur dank dem Heiligen, der auch die Kommunisten beschützt, konnte der Smilzo ausweichen. Beim zweiten Backstein gelang das nicht.

Als Peppone sich den Bericht des Smilzo angehört hatte, rieb er sich die Hände.

«Wenn er sich diese Freiheit herausgenommen hat, bedeutet dies, daß für ihn die Sache erledigt ist. Bestens!»

«Bestens einen Dreck!» protestierte der Smilzo. «Wer hat einen halben Ziegelstein ins Kreuz gekriegt? Doch ich!»

«Die proletarische Revolution fordert ihre Opfer», sprach Peppone feierlich. «Dir ist diese Ehre zugekommen. Du kannst stolz darauf sein!»

Zahn um Zahn

Peppone war einer der Typen, die sich vor nichts fürchten, einer der fähig ist, in Lachen auszubrechen, wenn man ihm ein Maschinengewehr auf die Brust setzt, der aber, wenn er zum Zahnarzt muß, zittert und sich womöglich von der Frau oder einem Freund begleiten läßt.

Peppone war gerade dabei, einen Motorblock auseinanderzunehmen, als plötzlich in einem seiner Backenzähne die Revolution ausbrach. Er ließ alles, was er gerade in der Hand hatte, fallen und rannte brüllend in die Küche.

Er spülte den Mund mit kaltem Wasser, er spülte ihn mit warmem Wasser, er stocherte mit einem Zahnstocher im Zahn herum, ließ sich das Zahnfleisch mit Jod bepinseln, versuchte sich hinzulegen, schluckte vier Tabletten, nahm Aspirin und ein Abführmittel, aber es wurde immer schlimmer.

Plötzlich befand er sich allein im Hause, denn er war so wütend, daß alles, was seine Frau und die Kinder taten oder nicht taten, in seinen Augen falsch war. Es genügte ihm nicht, bloß zu schimpfen, sondern er zerbrach auch noch alles, was er gerade in seinen mächtigen Pranken hatte.

Also sprang Peppone auf sein Motorrad und raste wie ein Irrer Richtung Stadt. Es war eine Fahrt, bei der ein Glatzkopf Locken bekommen hätte, aber es gibt auch einen Gott für die Verrückten, und so gelangte Peppone nicht nur in die Stadt, sondern hielt auch sofort vor einem großen schwarz-goldenen Namensschild – er war beim Zahnarzt.

Man ließ ihn sofort eintreten. Peppone setzte sich auf den weißen Zahnarztstuhl und schrie: «Ziehen Sie ihn heraus!» Dann öffnete er den Mund und zeigte mit dem Finger auf den schmerzenden Zahn.

Der Zahnarzt manövrierte am Stuhl herum, berührte dann mit einem Metallstäbchen den kranken Zahn, und Peppone brüllte: «Ziehen Sie ihn heraus oder ich krepiere!»

Der Zahnarzt schüttelte den Kopf.

«Entschuldigen Sie. Wenn Ihnen ein Finger weh tut, lassen Sie ihn dann wegschneiden?»

«Mir tut der Zahn weh», schrie Peppone, der in diesem Augenblick nichts anderes wußte und nichts anderes wissen wollte.

Der Zahnarzt verlor seine Ruhe nicht. Er holte etwas aus einem weißen Kästchen und sprach weiter.

«Wenn Ihnen ein Finger weh tut, lassen Sie ihn nicht wegschneiden, sondern versuchen zuerst, ihn zu heilen. Warum wollen Sie einen Zahn ausreissen lassen, bloß weil er Ihnen weh tut? Glauben Sie etwa, daß ein Zahn weniger wichtig ist als ein Finger?»

Peppone hatte überhaupt keine Lust zu diskutieren. Der Schmerz spaltete ihm den Kopf, und er wollte ihn nicht mehr spüren. Weiter dachte er nicht. Aber er konnte es nicht in Worte fassen, denn der Zahnarzt bepinselte ihm das Zahnfleisch.

Peppone spürte ein Kältegefühl rings um den verfluchten Zahn, und der Schmerz ließ nach.

«Geht es besser?» fragte der Zahnarzt.

Peppone blickte erstaunt den Zahnarzt an und spürte plötzlich ein wirres Sausen im Kopf. Aber diesmal war nicht der Zahn schuld daran. Sondern der Zahnarzt.

«Dr. med. dent. L. Marcotti. Zahnärztliche Praxis. Sprechstunden jeden Dienstag zwischen 9 und 16 Uhr.»

Peppone erinnerte sich ganz genau an jenen Tag, da unter dem Türbogen des Spocci-Hauses diese Schrifttafel aufgetaucht war. Marcotti hatte, als der Krieg ausbrach, eine gutgehende Praxis in der Stadt. Aber beim ersten Bombenangriff verwandelte sich das Haus in einen Trümmerhaufen, und mit dem Haus war auch die Praxis samt allen Instrumenten verschwunden.

Marcotti hatte die wenigen Überbleibsel eingesammelt und war mit Frau und Kindern nach San Marcello umgezogen. Da er in der Stadt nichts mehr tun konnte, begann er auf dem Lande zu arbeiten. Er betreute drei Ortschaften in der Nähe von San Marcello und widmete jeder Ortschaft zwei Tage. Dienstags und freitags arbeitete er in Peppones Dorf. Er fuhr mit dem Fahrrad, begleitet von einem jüngeren Kollegen, einem gewissen Tarpi. Der half ihm, wenn es viel zu tun gab, und vertrat ihn, wenn Marcotti verhindert war.

Dieser Tarpi war von fixen politischen Ideen besessen und war einer von denen, die auf die deutsche Geheimwaffe schwörten, auch noch 1944. Man mußte aufpassen, was man sagte, denn Tarpi stellte sich sofort mit aller Macht gegen Defätisten, Aufmucker und ähnliche Leute.

Als der berühmte Juli 1943 kam, betrat Peppone die Zahnarztpraxis, packte Tarpi und Marcotti an der Krawatte, ging mit ihnen auf die Straße und schickte sie mit einigen Fußtritten in den Hintern nach Hause.

Als nach dem 8. September die Ereignisse ihren Lauf nahmen, brauchte Peppone, der sich sehr verausgabt hatte, eine kleine Luftveränderung, und die zwei Zahnärzte kehrten zurück und nahmen ihre Arbeit wieder auf.

Marcotti war die Geschichte sicher nicht gut bekommen, aber er war nicht streitsüchtig und versuchte so wenig wie möglich über die Fußtritte, die er im Juli eingesteckt hatte, zu reden. Tarpi dagegen schäumte vor Wut.

Schließlich wurde das Klima wieder schlechter. Ende 1945 ging es mit der Zahnarztpraxis zu Ende, und die zwei Zahnärzte verschwanden auch aus den anderen Ortschaften.

Und nun bemerkte Peppone plötzlich, daß er in die Hände eines der berüchtigtsten Zahnärzte gefallen war, dem jüngeren und nachtragenderen Tarpi.

«Wenn jetzt auch noch der andere auftaucht, dann gute Nacht!»

Tarpi trat näher und untersuchte aufmerksam Peppones Zahn.

«Nicht der Rede wert», sagte er. «Es ist nur eine beginnende Karies. Wir werden das Loch reinigen und dann plombieren. So können wir den Zahn retten. Zähne sind kostbar.»

Peppone sah, wie der Zahnarzt an seinen glänzenden Werkzeugen hantierte; er sah, wie er sich mit dem Bohrer in der Hand näherte, und er hörte das Motörchen des Bohrers summen.

«Keine Angst», beruhigte ihn der Zahnarzt, als er ihm den Mund öffnete und die erforderliche Lichtstärke einstellte. «Es ist nur oberflächlich.»

Peppone hätte aufstehen und sich mit nur zwei Fingern den Zahnarzt vom Leib halten können. Aber er fühlte sich am Stuhl festgenagelt. Er fand nicht einmal Kraft, zu reden. Er spürte, wie die Spitze des Bohrers den Zahn annagte. Er begann zu schwitzen, und sein Herz schlug mit langsamen, schweren Schlägen.

«Und wie geht es im Dorf?» fragte der Zahnarzt mit gewollt gleichgültiger Stimme.

Peppone konnte nicht antworten, weil der Bohrer ihm den Zahn aushöhlte, und Tarpi nahm die Gelegenheit wahr.

«Und die Genossen, wie funktionieren sie?» fragte er.

Peppone dachte mit Schrecken, daß der Bohrer bald den Zahn durchlöchert haben würde und ihm dann in den Kiefer eindringen müßte. Er versuchte den Kopf zurückzuziehen, aber der Kopf war blockiert. Der Zahnarzt stellte den Bohrer ab und richtete sich auf.

«Ich sehe, daß es etwas weh tut», sagte er. «Ich wechsle die Spitze aus.»

Peppone wischte sich den Schweiß weg. Aber schon beugte sich der Zahnarzt wieder über ihn, und der Bohrer begann wieder zu summen. Die Spitze nagte am Zahn.

«Ich habe gelesen», sagte der Zahnarzt, «daß es während der vorgestrigen Kundgebung im Dorf Zwischenfälle gegeben hat. Es scheint, daß die Genossen viel zu tun hatten.»

Der Zahnarzt stellte den Bohrer ab, streckte sich und schaute Peppone an. Er wartete auf eine Antwort. Da

Peppone so belämmert dasaß und düster auf den elektrischen Bohrer starrte, hob Tarpi die Schultern und versuchte versöhnlich zu sein.

«Nun, verständlich, Herr Doktor, ab und zu machen diese Burschen eine Dummheit. Jeder macht einmal eine Dummheit.»

Der Zahnarzt lächelte leicht. Dann bückte er sich wieder, und die Spitze des Bohrers drückte erneut auf Peppones Zahn. Wenigstens Peppone schien es, als drücke die Spitze verflucht stark.

«Die Burschen dürfen keine Dummheiten machen», sagte Tarpi. «Die reaktionäre Presse nützt das aus, und das schadet der Partei. Man muß den Burschen erklären, daß sie nicht improvisieren dürfen. Mögen die Bürgerlichen ruhig improvisieren. Wir müssen immer überlegt handeln. Die Partei ist eine perfekte Maschinerie, zusammengefügt aus hunderttausend Getrieben. Gerät eines davon aus dem Takt, geraten alle aus dem Takt und die Maschine nimmt Schaden.»

Der Zahnarzt erhob sich, versorgte den Bohrer und hantierte neben seinem Kästchen. Er nahm ein Blasröhrchen, erwärmte es über der Flamme und trocknete den Zahn mit Heißluft. Dann plombierte er den Zahn. «Fertig», sagte er am Schluß.

Peppone stand auf. «Was bin ich schuldig?» fragte er.

Der Zahnarzt machte eine Bewegung, wie um «später» zu sagen, und öffnete die Türe.

«Wenn der Zahn schmerzt, kannst du morgen wieder kommen. Wenn nicht, erst in einer Woche. Man muß den Burschen diese Dinge erklären», änderte der Zahnarzt den Ton. «Das ist deine Pflicht, Genosse.»

Peppone befand sich auf der Straße, ohne einen

Gedanken fassen zu können. Ich werde unterwegs denken, sagte er sich und stieg wieder auf sein Motorrad.

Nach zwei Tagen begann der Zahn erneut zu revoltieren. Es war so schlimm, daß zwei Peppone darüber verrückt geworden wären. Es schmerzte, als würde ihm ein Nagel in den Kiefer eingeschlagen. Peppone fand nicht einmal die Kraft, loszuheulen, sondern nahm sein Motorrad und fuhr wie ein Wahnsinniger Richtung Stadt. Auch diesmal schützte ihn Gott auf der Straße und ließ ihn bei der Ankunft sofort die Tür des Zahnarztes Tarpi finden.

Peppone stieß das Motorrad gegen den Gehsteig und sprang ab. Doch schon nach zwei Sekunden saß er wieder im Sattel, und der Motor dröhnte erneut. Er ratterte zwanzig Minuten lang herum, und mit jeder Minute wurde der Schmerz heftiger. Endlich sah er auf einem kleinen Platz die Tafel eines anderen Zahnarztes.

Hier mußte er warten, denn es waren drei Personen da, die vor ihm an die Reihe kamen. Als er sich endlich auf den weißen Stuhl setzen konnte, spaltete ihm der Schmerz fast das Hirn.

«Ah! Ah!» winselte er, während er den Mund öffnete und auf den verfluchten Zahn zeigte.

Er begriff nicht, was mit ihm passierte. Plötzlich schien es ihm, als hätte man den Nagel weggenommen, und der Schmerz verwandelte sich in ein erträgliches Wehwehchen.

Man befahl ihm mehrere Male, den Mund zu spülen, und schließlich konnte er wieder klar denken.

Er schaute den Zahnarzt an und stellte fest, daß er vom Regen in die Traufe geraten war. Vor ihm stand der

113

Kollege von Tarpi, Marcotti. Der blickte ihn entgeistert an.

«Na, wen sieht man denn da?» sagte Marcotti. «Schade, daß ich Sie nicht erkannt habe, bevor ich mit der Arbeit anfing. Was wollen Sie denn hier?»

Es war eine dumme Frage, nach dem, was schon geschehen war.

«Sehen Sie sich bitte diesen Zahn an», brummte Peppone.

«Hab' ich schon», antwortete Marcotti grob. «Genosse Zahn geht es schlecht, Genosse Bürgermeister. Irgendein Trottel hat ihn schon plombiert, ohne zu merken, daß er darunter faul war.»

Peppone hob die Schultern. «Alle gleich», brummte er wieder, «wenn man zum Zahnarzt geht, sagt jeder, sein Vorgänger sei ein Trottel.»

Marcotti rief etwas, und ein junger Mann in einem weißen Kittel erschien.

«Willst du dir diesen Zahn mal anschauen?» fragte er den jungen Mann.

Der junge Mann tat dies aufmerksam.

«Wer hat ihn deiner Meinung nach behandelt?» fragte Marcotti.

Der junge Arzt zuckte mit den Achseln.

«Meiner Meinung nach war es ein Schuhmacher», antwortete er ruhig, «es kann aber auch ein Schreiner gewesen sein.»

Peppone begehrte auf.

«Wenn es doch bloß ein Schreiner oder ein Schuhmacher gewesen wäre», knurrte er. «Der Kerl, der den Zahn behandelt hat, war ein Intellektueller, ein Bürgerlicher, wie ihr.»

Marcotti lächelte.

«Und warum – wenn Sie schon die Intellektuellen und die Bürgerlichen verdammen – gehen Sie mit Ihrem Zahn nicht zu einem Schreiner oder einem Schuhmacher?»

«Ich bin nicht hierhergekommen, um Politik zu treiben, sondern um den Zahn behandlen zu lassen», erwiderte Peppone.

Marcotti hob drohend den Finger.

«Auch ich bin seinerzeit in euer Dorf gekommen, um Zähne zu behandeln, und nicht um Politik zu treiben, aber ...»

Peppone unterbrach ihn: «Auf Sie trifft das vielleicht zu. Ihr Kollege dagegen ...»

«Und was hatte ich mit ihm zu tun? Abgesehen davon, warum kommen Sie zu mir, zu Ihrem politischen Gegner, und gehen nicht zu Tarpi, der ja jetzt zu euch gehört?»

«Ich gehe zu dem, der mir paßt», sagte Peppone. «Ich bin hier, um meinen Zahn behandeln zu lassen, und nicht um über Politik zu diskutieren. Sagen Sie mir, was man mit dem Zahn anstellen kann.»

Marcotti versteifte sich. «Um ihn zu retten, braucht es eine Menge Arbeit. Viel Arbeit mit dem Bohrer, und ich habe eine schwere Hand. Zudem sind meine Tarife sehr hoch. Sie sollten lieber einen anderen konsultieren.»

Peppone legte die Hand an die Brieftasche.

«Wollen Sie eine Vorauszahlung?»

Der Zahnarzt blickte ihn schweigend an, dann packte er den Bohrer und sagte mit drohender Stimme: «Pech für Sie! Bleiben Sie schön ruhig und sagen Sie nicht einmal ‹au›, sonst höre ich sofort auf.»

Peppone verhielt sich mucksmäuschenstill und sagte nicht ein einziges Mal «au», vielleicht auch deshalb, weil Marcotti in Wirklichkeit eine sehr leichte Hand hatte.

«Kommen Sie in einer Woche wieder», sagte der Zahnarzt abschließend.

Peppone kam die folgende Woche wieder und dann noch drei weitere Male. Dann war sein Zahn geflickt und wieder gesund.

«Sie werden ihn brauchen können, wenn Sie zu saufen anfangen oder wenn der Tag, an dem Sie ins Gras beißen, gekommen ist.» Mit diesen Worten beendete der Zahnarzt seine Behandlung.

Peppone fragte, was er schuldig sei.

«Machen Sie das mit der Schwester aus», sagte der Zahnarzt mürrisch.

Die Schwester blätterte in einem Buch und zählte zusammen.

«Fünftausend Lire», sagte sie erstaunt. «Das deckt ja kaum die Spesen. Bedenken Sie, daß er nicht einmal für seine besten Freunde so billig arbeitet. Ich verstehe das nicht.»

Wer von den Bürgerlichen gut behandelt werden will, muß sie mit Fußtritten in den Hintern behandeln, hätte Peppone gerne laut geantwortet. Aber er war so taktvoll, das nicht einmal zu denken.

Auf dem Heimweg mußte er dann doch daran denken. Aber er konnte sich nicht richtig freuen, denn die Sache mit Tarpi, der jetzt einer von ihnen geworden war, lag ihm auf dem Magen.

«Die Bürgerlichen sind die Karies der Partei», sagte er zu sich. «Wenn ein Bürgerlicher fähig ist, seinesglei-

116

chen zu verraten, kann man sich vorstellen, was es braucht, seine Gegner zu verraten.»

Und indem er sich den geflickten Zahn zunutze machte, ließ er sich von einem kräftigen Schluck Wein die Leber anfressen, auch wenn der Tag, von dem der Zahnarzt gesprochen hatte, noch nicht gekommen war.

Der Scherz

Als Peppone sah, daß alle von seinem Stab anwesend waren, ließ er den Riegel vor die Tür schieben und holte aus dem Schreibtisch ein rotes Köfferchen.

Der Smilzo, Brusco, Bigio, Lungo und Genossen starrten staunend das Ding an, und als Peppone den Deckel hob, rief der Smilzo aus:

«Ein tragbares Radiogrammophon!»

«Eben», sagte Peppone, drückte den Stecker in die Steckdose und drehte an den Knöpfen des Geräts.

«Aber wo setzt man die Platte auf?» erkundigte sich Bigio.

«Die Neuheit besteht darin, daß dieser Apparat gar keine Platten braucht», erklärte Peppone. «Statt der Platte hat er ein Magnetband, auf das man die Musik aufnimmt.»

«Die wissen auch nicht mehr, was sie noch alles erfinden sollen», brummelte Brusco.

«He, laß uns was hören!» forderte Lungo.

«Sofort», antwortete Peppone, indem er weiter an den Knöpfen herummanipulierte. Man hörte ein Knistern, dann tönte aus dem Kästchen die Stimme von Bigio, dann die von Peppone, und so fort. Kurz, das ganze Gespräch von vorhin war zu vernehmen.

«Ist das nicht phantastisch?» fragte Peppone triumphierend.

Es war ein ganz gewöhnliches Tonbandgerät, aber

dort unten in der Bassa hatte man diese elektrischen Schweinereien bisher noch nicht gekannt.

Peppone erklärte, daß man eine aufgenommene Stimme wieder anhören könne, sooft man wolle. Man könne sie aber auch löschen und das Band für neue Aufnahmen benützen.

Alle wollten jetzt in das kleine Mikrofon reden, um die eigene Stimme wieder zu hören. Schließlich wollten sie wissen, wozu dieses Spielzeug von Nutzen sei.

«Um die Reden unserer politischen Gegner festzuhalten, um ein Dokument über das zu besitzen, was sie gesagt haben, und um unsere eigenen Reden aufzunehmen, damit wir Selbstkritik üben und die stimmlichen Fehler korrigieren können. Oder auch um Radiosendungen aufzunehmen.»

Peppone schaltete das Radio ein, ließ es zehn Minuten laufen und spulte das Band zurück. Nach einigen Augenblicken wiederholte das Gerät exakt das, was man im Radio gehört hatte. Alles ganz perfekt, Worte und Musik.

Sie diskutierten lange über die Möglichkeiten des Apparates und plötzlich hatte der Smilzo eine Idee.

«Mir ist da etwas Besonderes eingefallen! Wir nehmen ein Stück einer gewöhnlichen Radiosendung auf Band auf, und wenn dann das Signet mit dem Vogelgesang kommt, stellen wir das Radio ab und sprechen eine selbsterfundene Nachricht ins Mikrofon. Dann lassen wir alles über den öffentlichen Lautsprecher laufen, und niemand bemerkt den Trick, denn alle glauben die eingeschobene Nachricht, weil wir gleich darauf wieder eine Sendung vom Radio übertragen.»

Der ganze Haufen lachte höhnisch und Peppone rief:

«Ciro!»

Mehr brauchte er nicht zu sagen. Alle hatten schon kapiert.

Ciro, der zu Peppones Gruppe gehörte, war ein leidenschaftlicher Fußballtotospieler. Kein Samstag verging, ohne daß Ciro seinen Totoschein ausfüllte. Das bedeutet gar nichts, denn es gibt Leute, die jede Woche zehn oder zwanzig Scheine loswerden. Ciro war Totospieler aus Passion, und jeden Samstag, sobald er seinen Schein ausgefüllt hatte, machte er sich Gedanken, was er alles mit dem gewonnenen Geld anstellen könnte. Doch jedesmal wenn der Sonntag kam und das Radio die Resultate der Fußballspiele übertrug, lauteten die Ergebnisse völlig anders, als sie Ciro vorausgesagt hatte. Aber Ciro geriet darüber nicht in Wut wie einer, der nicht gewonnen hat, sondern wie einer, der gewonnen hat und um seinen Gewinn betrogen wurde.

Jeden Sonntagnachmittag genoß man im Volkshaus das Schauspiel eines Ciro, der wie ein ganzer Käfig voll tollwütiger Leoparden tobte. Wenige Minuten vor der Übertragung der Sportnachrichten im Radio pflegte Ciro von seinem Tisch aufzustehen und sich mit einem Notizblock in der linken und einem Bleistift in der rechten Hand neben die Theke zu stellen.

Und jetzt wollten sie Ciro einen Streich spielen: die von Ciro aufgeschriebenen Resultate sollten mit denen der Radiosendung übereinstimmen. Dazu mußte man natürlich die fingierten Resultate in die Sendung hineinschmuggeln.

In der Kantine des Volkshauses funktionierte Lungo als Wirt. Er schenkte Wein und andere Getränke aus und verwahrte auch die Quittungen des Fußballtotos. Daher war es nicht schwer, die Prognosen zu erfahren, die Ciro jeden Samstagabend aufnotierte.

Sie studierten die kleinsten Einzelheiten des Unternehmens, nahmen Schlager und Werbesendungen auf, und sprachen dann am Samstagabend, nachdem sie Ciros Totoschein eingesehen hatten, die «Gewinnmeldung» auf das Band, worauf wieder eine normale Sendung folgte. Sie schlossen das Tonband an den Lautsprecher an und ließen das Ganze in einer Hauptprobe laufen.

«Unwahrscheinlich!» rief Peppone aus. «Wüßte ich nicht Bescheid, würde ich auch darauf hereinfallen!»

Der Sonntagnachmittag kam. Ciro erschien zur üblichen Stunde, setzte sich an den üblichen Tisch und bestellte die übliche Flasche Wein.

Aus dem Lautsprecher dudelte wie immer Musik, und sie dudelte so lange, bis der richtige Augenblick gekommen war. Peppone, der am Nebentisch saß und Karten spielte, fing plötzlich wie ein Verrückter an zu brüllen; er beschwerte sich lautstark über die «blödsinnige Spielweise» seines Partners Bigio. Bigio brüllte noch lauter. Im Nebenzimmer machte sich der Smilzo den Lärm zunutze: er stellte das Radio ab und schloß das Tonband an den Lautsprecher an.

Niemand bemerkte etwas, denn das Radio spielte nur mit geringer Lautstärke und der Lärm im Saal war geradezu höllisch. Als wieder Ruhe eingekehrt war und Minute um Minute verstrich, wurde Ciro immer aufgeregter.

Schließlich stand Ciro wie gewohnt auf, trat an die Theke und zog Notizbuch und Bleistift aus der Tasche.

Alles war minuziös einstudiert worden, und zur genauen Zeit verkündete das Radio: «Sie hören nun Sportnachrichten ...»

Im Saal hielten alle den Schnabel, und bei völliger Stille las der Sprecher im Radio die Fußballresultate vor. Ciro machte sich wie immer fieberhaft Notizen, und als er sämtliche Resultate aufgeschrieben hatte, verglich er sie mit den Voraussagen auf seinem Totoschein. Er riß weit die Augen auf und schnaufte: «Ah ... ah ... ah ...» Es verschlug ihm die Sprache, und alle umringten ihn voll Besorgnis.

«Ciro, was ist mit dir los?»

Ciro schwenkte mit zitternder Hand den Totoschein, und ein paar andere, drei oder vier, die die Resultate auch notiert hatten, kontrollierten nach.

«Du meine Güte, diesmal hat er wirklich gewonnen!» schrien sie.

Ciro packte eine Cognacflasche, die auf der Theke stand und nahm einen nicht endenwollenden Schluck. Dann brüllte er:

«Aus mit der Schufterei! Aus mit der Schufterei!»

Er stürzte wie ein Wilder aus dem Volkshaus und verschwand lärmend.

«Einen Moment hab' ich befürchtet, daß ihn der Schlag trifft!» bemerkte Peppone. «Und wenn er jetzt auch noch erfährt, daß es ein Scherz war ...»

«Ein Scherz? Aber es kam doch im Radio!» antwortete einer.

Peppone holte das Tonband und erklärte die Sache.

Natürlich ließ das Interesse für das erstaunliche Kästchen, das Stimmen auf Band festhielt, den armen Ciro vergessen, weil jeder einmal ins Mikrofon sprechen wollte, um hinterher seine eigene Stimme zu hören.

Plötzlich betrat ein kleiner Junge, ganz außer Atem, das Volkshaus.

«Ciro ist verrückt geworden!» schlug er Alarm.

Ciro wohnte in einem einsamen Häuschen außerhalb des Dorfes, und Peppone machte sich – die ganze Mannschaft auf den Fersen – im Laufschritt auf den Weg, um zu sehen, was passiert war.

Sie fanden Ciro, der um ein hochflackerndes Feuer mitten im Hof einen wilden Tanz aufführte und pausenlos «Aus mit der Schufterei» brüllte. Seine Frau, vor Schreck halbtot, schaute ihm aus einem Fenster im ersten Stock zu. Als sie Peppone und seine Genossen sah, stieg sie die Treppe herunter und erklärte mit zitternder Stimme:

«Er kam wie ein Besessener nach Hause und schrie, was er jetzt auch schreit, daß es mit der Schufterei vorbei sei und daß endlich die Millionen gekommen seien. Er ging hinauf und warf alles in den Hof: Bett, Stühle, Tisch, Buffet. Dann goß er einen Kanister Petrol über das Zeug und zündete alles an.»

Die arme Frau packte Peppone am Arm.

«Schaut! Schaut!»

Ciro hatte zwei Matratzen ergriffen und wollte sie gerade in die Flammen werfen, aber Peppone und die anderen sprangen mit einem Satz auf ihn zu und rissen ihm die Matratzen aus den Händen.

«Ciro, bist du verrückt geworden?» fragte ihn Peppone und hielt seinen Arm fest.

«Verrückt? Verrückt, weil ich dieses Sauzeug verbrenne?» schrie Ciro. «Jetzt sind die Millionen da! Ein paar oder viele, sie sind da! Aus mit der Schufterei, ich habe gewonnen!»

Er wollte das begonnene Werk vollenden und alles verbrennen. Eine verwickelte Geschichte! Wer hatte den Mut, ihm zu erklären, wie es sich tatsächlich verhielt?

Ciros Frau hatte den Mut. Nachdem sie mit einigen der Gruppe gesprochen hatte, näherte sie sich ihrem Mann und fuhr ihn an:

«Ciro, sei kein Idiot! Verstehst du denn nicht, daß alles bloß ein Scherz war? Du hast gar nicht gewonnen!»

Ciro lachte.

«Ein Scherz ... Ich hab's doch im Radio gehört! Ich hab' die Resultate kontrolliert, und auch andere haben sie kontrolliert!»

«Ciro, beruhige dich!» brummte Peppone. «Wir haben einen Scherz gemacht.»

«Aber das Radio ...»

«Es war ein Trick mit dem Tonband. Ich erklär es dir, und du wirst sehen.»

Ciro beruhigte sich augenblicklich.

Er blickte Peppone fest an und dann auch die anderen reihum.

«Ein Scherz ... Es war ein Scherz», flüsterte er kopfschüttelnd.

Er starrte lange in das Feuer, in dem die Reste seiner armseligen Möbel verbrannten, und wischte sich den Schweiß von der Stirn. Wieder blickte er Peppone fest ins Gesicht.

«Daß die Ausbeuter des Volkes mein Elend ins Lächerliche ziehen, gut, aber daß ihr das tut, nein!»

Langsam zog er ein Ledermäppchen aus der Tasche,

und nachdem er den Parteiausweis herausgenommen hatte, warf er ihn ins Feuer.

Keiner wagte eine Bewegung.

«Vergeßt, daß es mich gibt!» sagte er mit harter Stimme, drehte Peppone den Rücken zu und ging, von seiner Frau gefolgt, ins Haus.

Peppone rührte sich nicht, starrte einige Augenblicke das Feuer an, machte dann rechtsum kehrt und schritt mit den anderen langsam dem Dorf zu.

«Es war ein ganz blödsinniger Scherz», sagte er, kurz bevor sie im Dorf ankamen, «aber wer hätte gedacht, daß er es so auffaßt? Smilzo, du ...»

Der Smilzo war auf der Hut. Er machte einen Satz zur Seite und brachte sein Hinterteil in sichere Distanz.

«Chef, mich trifft keine Schuld», protestierte er. «Ich habe den Scherz vorgeschlagen, und du hast an Ciro gedacht.»

«Lassen wir's», sagte Peppone kurz. «Niemand weiß etwas, niemand hat etwas gesehen, verstanden? Wenn sie es bei der Sektion erfahren, werden sie uns künftig dauernd als Idioten bezeichnen. Wir streichen einfach seinen Namen aus der Kartei und ersetzen ihn ohne viel Umschweife. Und vielleicht kommt er drüber hinweg.»

Ciro kam nicht drüber hinweg. Und er konnte schon deshalb nicht drüber hinwegkommen, weil er wegen des dummen Scherzes alle seine Möbel verbrannt hatte, und die Geschichte von dem lächerlichen und tristen Freudenfeuer in der ganzen Gemeinde die Runde machte.

Ciro kam nicht drüber hinweg. Als seinem Bruder der zweite Sohn geboren wurde, wollte er ihm bei der

Taufe Pate stehen. Sobald Don Camillo ihn in der Kirche vor sich sah, fragte er brüsk:

«Woher nimmst du den Mut, dich hier zu zeigen?»

«Hochwürden, macht keine Geschichten», antwortete Ciro, «jetzt bin ich in Ordnung. Ich habe das Parteibuch verbrannt und bin unabhängig.»

Don Camillo schüttelte den Kopf.

«Natürlich bist du unabhängig. Du bist wieder ein Christ, aber den anderen zuleid, nicht aus eigener Überzeugung. Du hast aufgehört, ein Bandit zu sein, nicht aus Liebe zur Ehrlichkeit, sondern aus Haß auf deinen Häuptling. Hätten sie mit dir nicht den Scherz mit dem fingierten Gewinn gemacht, wärst du noch immer einer von ihnen.»

Ciro schaute sich um.

«Hochwürden, wenn ich bei ihnen hätte bleiben wollen, hätte ich das sehr wohl können.»

«Ja, besonders nach dem prächtigen Scherz, der dich alle Möbel verbrennen ließ und der dich bis zum Nordpol hinauf lächerlich macht!»

«Die Möbel habe ich verbrannt, damit ich eine gute Ausrede hatte, ohne viel Umstände und Komplikationen aus der Partei austreten zu können. Ich wußte sehr wohl, daß es nur ein Scherz war. Am Abend vorher hatte ich im Korridor des Volkshauses alles mitangehört. Auch die falsche Meldung.»

«Das ändert die Sache», meinte Don Camillo versöhnlicher.

«Auf jeden Fall, Hochwürden, braucht Ihr es nicht überall zu erzählen. Wichtig ist nur, daß der dort drüben es weiß.»

In der Tat wußte es Christus am Hochaltar, und er

war nicht beleidigt, daß man ihn «der dort drüben» hieß.

Es gibt ehrenwerte Leute, die fromm sind, die Stufen des Altars küssen und statt Jesus «Unser Herr Jesus Christus» sagen, die aber um Christi willen keinen Knopf opfern würden. Ciro hatte ihn nun einmal «der dort drüben» genannt, aber er hatte um Christi willen sogar sein Bett geopfert und schlief jetzt auf der bloßen Erde.

Und weil er auf der bloßen Erde schlief, war sein Schlaf so heiter und ruhig, als hätte er im Fußballtoto eine Milliarde gewonnen.

Der Analphabet

«Also, mein Freund, wann entscheidest du dich endlich, zu kommen?» fragte Don Camillo, während er Pinacci am Ärmel festhielt.

«Zu spät, Hochwürden», antwortete Pinacci. «Mit fünfundfünfzig kann doch ein Mann, dessen Hände aussehen wie Schaufeln, nicht mehr anfangen, wie ein Kind Strichlein zu zeichnen. Und überhaupt, ich muß an meine Beschwerden denken.»

Don Camillo ließ nicht locker.

«Eine deiner Beschwerden ist, daß du weder lesen noch schreiben kannst!» rief er. «Und wahrscheinlich ist es die schlimmste.»

Pinacci lachte.

«Alles Gerede, Hochwürden. Das dumme Zeug, das in den Zeitungen steht, und das übrige Geschreibsel erfährt man auch, wenn man nicht lesen kann. Und jetzt, wo es das Radio gibt, braucht man keine Zeitungen und auch keine Bekanntmachungen.»

Pinacci war eigensinnig, aber Don Camillo hatte einen noch stureren Kopf als er.

«Was machst du, wenn du einen Brief schreiben mußt?»

«Ich schreibe keinen, Hochwürden. Es wird sowieso viel zuviel dummes Zeug gequatscht; warum soll ich den Mist auch noch aufschreiben? Das Leid der Menschen hat damit begonnen, als man die Stempelpapiere erfand.»

«Aber wenn dir einer einen Brief schickt?»

«So laß' ich ihn mir vorlesen.»

«Und wenn in diesem Brief Sachen stehen, die andere besser nicht wissen sollten?»

«Ich habe keine dreckigen Geschäfte laufen. Ich mache nur saubere Geschäfte, die alle kennen dürfen.»

«Du bist so dickköpfig wie ein Maulesel», schimpfte Don Camillo. «Eines Tages wirst du für deinen Starrsinn zahlen müssen, und dann werde ich mir ins Fäustchen lachen!»

Pinacci schüttelte den Kopf.

«Ihr werdet nicht lachen, Hochwürden, weil ich Euch kenne und weiß, daß Ihr noch nie über das Leid eines armen Mannes gelacht habt. Laßt mich doch bei meiner Unwissenheit. Wir Unglücksmenschen sind Leute, deren Magen so klein ist wie eine Nuß. Selbst wenn sie ein wenig essen, haben sie immer noch Hunger, aber sie kommen durch. Doch an dem Tag, an dem man ihnen einen Suppentopf voll Teigwaren oder einen ganzen Truthahn zum Essen vorsetzt, haben sie zwar keinen Hunger mehr, aber sie krepieren. Ich weiß, Hochwürden, was ich in meinem Hirn aufnehmen kann. Wenn ich lesen lerne, erfahre ich einen Haufen Zeugs, und in zwei Monaten quillt mir das Hirn über und ich verblöde. Übrigens steht in den zehn Geboten auch nicht, daß man das Alphabet lernen muß!»

Aber das Schicksal wollte es, daß Don Camillo ihn schon bald wiedersah.

Es war noch keine Woche vergangen, als Pinacci im Pfarrhaus erschien.

«Hast du dich endlich entschlossen?» fragte ihn Don Camillo.

«Den hab' ich heute morgen bekommen, Hochwürden. Man sollte ihn mir vorlesen.»

«Und warum sollte gerade ich ihn vorlesen? Bekommst du denn zum ersten Mal einen Brief?»

«Es ist das erste Mal, daß ich einen *solchen* Brief bekomme. Bis jetzt waren es immer offene Sachen: Postkarten, Steuerformulare oder Blätter mit dem Wappen der Gemeinde oder der Regierung. Das hier ist verschlossen, und das bedeutet, daß es sich um etwas handelt, das nur ich lesen soll. Und weil Priester alles hören und nichts sagen dürfen, bin ich zu Euch gekommen.»

Don Camillo nahm ihm den Brief aus der Hand. Dann öffnete er den Umschlag und zog das Blatt heraus. Kaum hatte er es entfaltet, hieb er mit der Faust auf den Tisch.

Pinacci schaute ihn verdutzt an.

«Was ist los?» stammelte er.

«Nichts», antwortete Don Camillo.

Pinacci verstand immer noch nicht. Unterdessen hatte Don Camillo den Brief gelesen.

«Es wäre besser gewesen, wenn du ihn verbrannt hättest», erklärte er schließlich. «Das ist so ein Trottel, dem es Spaß macht, Leute zu beleidigen. Er sagt, du seist ein Gauner, ein Schurke und ein Landstreicher.»

In Wahrheit war in dem Brief nicht von Pinacci, sondern von Pinaccis Tochter die Rede. Und es wurde so schlecht über sie gesprochen, daß es auch dem gefühllosesten Vater zuviel geworden wäre. Lauter Verleumdungen, versteht sich. Aber üble Nachrede ist ein kleiner Wind, der zum Sturm anschwillt, und sogar Leuten, die stets nur an das Gute glauben, den Kopf verdreht.

Pinacci war ganz verdattert.

«Warum heißt es, ich sei ein Gauner und ein Schurke?»

«Weil der Schreiber ein Schuft ist, dem es Vergnügen macht, Leute zu beschimpfen und zu beleidigen. Aber jetzt lese ich dir alles Wort für Wort vor.

Sehr geehrter Herr Francesco Pinacci, da bis jetzt noch niemand den Mut gehabt hat, Euch zu sagen, daß Ihr ein Gauner seid, so sage ich es Euch ...»

Don Camillo fuhr noch eine Weile fort und tat so, als lese er, wobei er versuchte, dem Pinacci die saftigsten Beleidigungen zu servieren.

«Und die Unterschrift?» fragte Pinacci. «Sagt mir, wer es ist, und ich geh zu ihm und schlag ihm den Schädel ein!»

Don Camillo legte seine Hand auf das Blatt und hielt es fest.

«Hab' ich dir nicht erklärt, daß es ein niederträchtiger Schweinekerl ist?» brüllte er. «Was für eine Unterschrift soll denn da stehen? Es ist ein anonymer Brief und bloß unterzeichnet mit ‹Einer, der alles weiß›. Wenn man wüßte, wer dieses Schwein ist, würde ich schon machen, daß ihm die Lust vergeht, anonyme Briefe zu schreiben. Da gibt's bestimmt einige, die ihm eine ordentliche Abreibung verpassen wollen.»

Pinacci war völlig durcheinander, und Don Camillo setzte seinen Diskurs fort.

«Nur nicht dran denken. Es ist ein ganz gewöhnlicher Schurkenstreich. Du hast ein gutes Gewissen, und wenn dich einer anonym beleidigt, kann dich das nicht berühren. Laß aber den Brief lieber hier, weil ich die Handschrift studieren möchte.»

131

Als Pinacci gegangen war, nahm Don Camillo aus einer Kassette weitere elf Briefe. Er hatte sich nicht geirrt: Die Handschrift war dieselbe. Elf andere Personen hatten von diesem verfluchten «Einer-der-alles-Weiß» einen Brief bekommen, und sie hatten, nachdem sie die gemeinen Beschuldigungen des Unbekannten gelesen hatten, in aller Heimlichkeit Don Camillo zu Rate gezogen. Und Don Camillo hatte wie ein Pferd geschuftet, um sie zu beruhigen und zu überzeugen, die in den Briefen stehenden Schweinereien nicht ernst zu nehmen. Es handelte sich um lauter Anschuldigungen gegen Ehefrauen, Verlobte und Töchter. Den Verhältnissen angepaßte Anschuldigungen, alle sehr geschickt formuliert von einem, der die Leute genau kannte. Es mußte jemand aus dem Dorf sein.

Seit etlicher Zeit schon zermarterte sich Don Camillo den Kopf über diese schmutzige Geschichte mit den anonymen Briefen. Aber was konnte er tun? Sie waren ihm unter dem allerstriktesten Siegel der Verschwiegenheit anvertraut worden, und so durfte man gar nicht daran denken, den Maresciallo beizuziehen.

«Wenn dieser Feigling bloß mal mir einen Brief schriebe», dachte Don Camillo. «Über den könnte ich dann verfügen, wie es mir paßt!»

Aber es traf kein Brief bei ihm ein.

Zwei Wochen nach der Geschichte mit Pinacci kam hingegen Peppone. Er kreuzte vor dem Pfarrhaus auf, und Don Camillo, der auf dem Bänkchen neben dem Eingang seine halbe Toscana rauchte, schaute ihn überrascht an.

«Guten Tag», grüßte Peppone überaus ernst. «Ich

132

möchte den Pfarrer fragen, ob er geneigt ist, den Bürgermeister in einer öffentlichen Angelegenheit zu empfangen.»

Don Camillo erhob sich, trat in das Pfarrhaus und stellte sich dort an das Fenster.

«Der Pfarrer sagt, daß der Herr Bürgermeister eintreten möge», erklärte Don Camillo.

Als Peppone im Haus war, forderte er Don Camillo auf, die Tür und auch das Fenster zu schließen. Dann kam er sofort zur Sache.

«In diesem Dorf lebt ein verdammter Feigling, der sich einen Spaß daraus macht, anonyme Briefe zu schreiben», sagte Peppone. «Ich hab einen bekommen und fünfzehn andere Leute ebenfalls, deren Namen Euch aber nicht interessieren dürften. Aber sie leben alle hier.»

Peppone zog aus der Tasche ein Bündel Briefe und zeigte es Don Camillo.

Da nahm auch Don Camillo sein Briefbündel aus der Kassette, wählte einen aus, zog ihn aus dem Umschlag und faltete ihn dann so, daß nur vier oder fünf Zeilen sichtbar wurden.

«Schauen wir uns das einmal an», brummte er.

Peppone tat dasselbe mit einem seiner Briefe, dann wurden beide Blätter, eins neben das andere, auf den Tisch gelegt.

«Es ist derselbe Schuft», schloß Don Camillo nach einer schnellen Prüfung. «Dir bleibt nichts anderes übrig, als die Briefe dem Maresciallo zu bringen.»

«Warum nicht Ihr?»

«Weil der Priester alles hören, aber nichts sagen darf. Für den Bürgermeister liegt der Fall anders.»

Peppone kratzte sich am Kinn.

«Das Schlimme ist nur, daß man mir diese Briefe nicht als Bürgermeister anvertraut hat, sondern sagen wir ...»

«Sagen wir gar nichts. Man hat sie dir anvertraut in deiner Funktion als Haupt der Fünften Kolonne oder irgend so was. Wie dem auch sei, über deinen eigenen Brief kannst du frei verfügen. Er gehört dir, du hast ihn bekommen und bist nur dir selber dafür verantwortlich.»

Peppone schüttelte den Kopf.

«Irrtum, Hochwürden», stellte er richtig, «ich muß mich nur der Partei gegenüber verantworten. Man hat mir private Verleumdungen ins Haus geschickt, und wenn ich sie veröffentliche, schade ich mir und somit der Partei.»

«Und wie willst du sie veröffentlichen? Vielleicht wird der Maresciallo deinen Brief mit seinen Bekanntmachungen drucken lassen! Du kannst das halten, wie's dir paßt!»

«Die Polizei ist immer öffentlich, sie ist nie eine Privatsache. Und dann ... Und dann, Hochwürden, stehen in dem Brief Gemeinheiten gegen das Allerheiligste meiner Familie. Bevor ich das einen anderen lesen lasse, freß ich den Brief lieber auf!»

«Bäh – laß gut sein!» antwortete Don Camillo. «Das heißt also: Wenn ich etwas über die Angelegenheit weiß, sag ich es dir. Wenn du etwas weißt, sagst du es mir auch.»

Don Camillo hatte schon eine Idee.

«Der Damm an der Strada Quarta ist ein Problem, das alle angeht, Rote wie Schwarze. Das Volk befürchtet, er könne beim nächsten Hochwasser brechen. Schick einen von deinen Lümmeln bei euren Anhängern vorbei, um

Unterschriften für eine Petition bei der Regierung zu sammeln. Alle Männer über fünfzehn sollen folgenden Satz schreiben: ‹Ich bin mit Obenstehendem einverstanden›, und sie sollen ihre Unterschrift darunter setzen. Ich mach' die gleiche Petition und lasse sie von den anderen unterschreiben. So haben wir von allen eine Handschriftprobe. Dann werden wir uns diese ansehen, und etwas kommt bestimmt dabei heraus.»

Zwei Tage später machte sich Don Camillo auf die Runde. Es war eine langwierige und schwierige Angelegenheit, denn er mußte jedem alles erst erklären und, wenn die Männer nicht zu Hause waren, wiederkommen und wieder erklären oder sie irgendwo mitten auf den Feldern aufstöbern. Am dritten Tag war Don Camillo todmüde, als ihm auf offenem Feld ein Fahrradreifen platzte.

Er warf sich ins Gras, obwohl es reichlich unbequem war, aber der Allmächtige stand ihm bei, denn bald darauf erschien ein von zwei Ochsen gezogener Karren. Er war mit Rüben vollbeladen und fuhr Richtung Dorf, wo die Rüben auf einen Lastwagen umgeladen wurden, der sie in die Zuckerfabrik in der Stadt transportierte.

Vorn auf dem Karren saß Pinacci.

«Ich hab' einen Platten», sagte Don Camillo. «Laß mich das Fahrrad aufladen und mich zu dir setzen, ich bin nämlich hundemüde.»

Einige Minuten später saß Don Camillo neben Pinacci. «Ich sammle Unterschriften für den Damm an der Strada Quarta», erklärte Don Camillo. Dann fügte er leise hinzu: «Und damit hole ich mir Handschriftproben von allen. Wirst schon sehen, daß ich dir den

135

miesen Kerl herausfische, der dir den Brief geschrieben hat.»

Pinacci ballte die Fäuste.

«Ihr würdet mir einen Gefallen tun, wenn Ihr es mir ein wenig vor den anderen sagt, wer's ist. Ich werde ihm dann schon zeigen, mit wem er's zu tun hat.»

Der Karren holperte die Straße entlang, und schon bald erreichten sie die Abzweigung und wenig später den Holzsteg über den Canalaccio, den kleinen Kanal.

Bei der Auffahrt zur Brücke hatte man eine große Tafel an einen Pfahl genagelt:

«Achtung! Lebensgefahr! Für Fahrzeuge über 1/2 Tonne Durchfahrt verboten!»

«Was steht drauf?» fragte Pinacci. «Gestern war die Tafel noch nicht da.»

«Ach, nichts Besonderes», antwortete Don Camillo, nachdem er die Aufschrift gelesen hatte. «Einer der üblichen Reklamesprüche für Rasierseife. Heutzutage findet man diese Dinger sogar mitten auf den Feldern.»

Pinacci nickte und trieb die Ochsen weiter auf der Straße vorwärts.

Der Karren fuhr auf die Brücke, und die Achsen quietschten unter der schweren Last.

Einen Meter, zwei Meter, drei Meter, fünf Meter.

«Jetzt», dachte Don Camillo, «jetzt sag' ich es ihm, und dann wird er Todesängste ausstehen. So wird er lernen, daß es ganz schön brenzlig werden kann, wenn man des Lesens nicht kundig ist.»

Sechs Meter, sieben Meter, fünfzehn Meter.

Noch weitere fünf Meter, und die Balken, die unter den Rädern ächzten, hätten dem Gewicht des Karrens bestimmt nicht mehr standhalten können. Es war höchste Zeit anzuhalten, weil nämlich, um die Wahrheit zu sagen, auch Don Camillo kalte Füße bekam.

In diesem Augenblick rief Pinacci «Haaalt!» und die Ochsen blieben stehen.

Don Camillo schaute ihn groß an.

«He, was ist los? Warum fährst du nicht weiter?»

«Weil ich nämlich lesen kann», sagte Pinacci finster.

Es war ganz schön schwierig, den Wagen wieder die fünfzehn Meter rückwärts zu fahren, doch schließlich schafften sie es. Sie spurten nun auf die andere Straße ein, die über die Brücke bei Molinetto führt.

Als sie bei dem Akazienwäldchen ankamen, ließ Don Camillo anhalten. Er zerrte Pinacci vom Karren, und während er ihn beim Kragen packte, begann er ihn zu würgen.

«Ich hab' lesen gelernt, als ich im Militärdienst war. Ich hab' es nur keinem Menschen gesagt, weil es mir ganz recht war, wenn man mich für einen Idioten hielt», stotterte Pinacci.

«Und so hast du auch Schreiben gelernt! Warum hast du dir selber auch einen Brief geschrieben?»

«Ich hatte Angst, jemand vom Dorf könnte mich dabei beobachtet haben, wie ich die Briefe einwarf ... Aber Ihr könnt ja nichts verraten, denn Ihr steht unter dem Beichtgeheimnis.»

«Versteht sich», sagte Don Camillo, «die Sache bleibt unter uns.»

Der erste Fußtritt, der Pinacci in den Hintern traf, hatte das Gewicht eines Dreitonners, und eine riesige Ohrfeige stellte das Gleichgewicht dazu her. Dann folgte ein pausenloser Hagel von Fußtritten und Ohrfeigen.

Pinacci begann zu jammern und zu stöhnen.

«Und jetzt muß ich dir noch die Tracht des Bürgermeisters verpassen», erklärte Don Camillo.

Schließlich kamen noch die Prügel des ganzen Gemeinderates hinzu, und so brach ein richtiger Wirbelsturm über den armen Pinacci herein.

Es war so entsetzlich, daß der Heiland die Hände vor die Augen hielt, um nicht zusehen zu müssen.

Der Mann ohne Kopf

Don Camillo sprang erregt auf und hätte am liebsten einen lauten Schrei des Triumphs ausgestoßen, denn er hatte etwas ganz und gar Außergewöhnliches entdeckt. Er hielt sich nur mühsam zurück, doch die Schläge der großen Turmuhr erinnerten ihn daran, daß das einzig Vernünftige jetzt um fast drei Uhr in der Nacht gewesen wäre, sich endlich schlafen zu legen.

Das paßte Don Camillo gar nicht, und bevor er sich in sein Schlafgemach zurückzog, wollte er die einzigartige Aufzeichnung, die er in den vergilbten Papieren vergangener Jahrhunderte aufgestöbert hatte, noch einmal lesen: «Am 8. November 1752 passierte ein entsetzliches Ereignis ...»

Das Tagebuch des alten Pfarrers brachte endlich Licht in das dunkle Geheimnis des schwarzen Steines und bot Don Camillo außerdem die Gelegenheit, die Geschichte in seine Sonntagspredigt einzubauen.

Endlich klappte Don Camillo das Buch zu und ging eiligst zu Bett, denn es war schon seit über drei Stunden Sonntag.

«Brüder», sagte Don Camillo am Sonntag in der Elfuhrmesse, «heute möchte ich euch von dem schwarzen Stein erzählen. Von jenem schwarzen Stein, den ihr alle schon gesehen habt und der in einer Ecke des Friedhofs in der Erde steckt und auf dem die Worte stehen: ‹8. November 1752 – Hier ruht ein Mann ohn' Name und ohn' Antlitz.› Wieviele Diskussionen, wieviele Nachforschungen hat es schon gegeben, um den Sinn dieser geheimnisvollen Inschrift zu entdecken. Aber nun ist endlich alles klar geworden.»

Ein erstauntes Gemurmel lief nach diesen Worten durch die Kirchenbänke. Don Camillo fuhr fort:

«Schon seit Monaten studiere ich eifrig, Abend für Abend, mit größter Sorgfalt die Aufzeichnungen in den alten Büchern der Pfarrei. Und wie ihr wißt, habe ich viel interessante Berichte gefunden. Ihr wißt aber noch nicht, daß ich heute nacht eine besonders außergewöhnliche Notiz entdeckt habe, und ich werde sie euch jetzt aus dem Original vorlesen.

Am 8. November 1752 passierte ein entsetzliches Ereignis. Seit über einem Jahr wurden unser Dorf und die umliegenden Orte von einer Bande von Bösewichten heimgesucht, die stets zu nächtlicher Stunde ihrem finsteren Handwerk oblag. Sie wurde die ‹Mauerloch-Bande› genannt, da sie sich immer auf die gleiche Weise Zugang zu den Häusern verschaffte, dergestalt nämlich, daß sie mit teuflischer Geschicklichkeit ein Loch in die Mauer schlug, das ihr dann als Durchschlupf diente. Nie hatte man Hand an einen der Räuber legen können, aber in der Nacht vom 8. November wurde der Händler Giuseppe Folini, der in einem Haus mit dem Namen «Crocilone» wohnte, durch ein verdächtiges Geräusch geweckt. Vorsichtig stieg er aus dem Bett und noch vorsichtiger schlich er in seinen Laden, wo all seine Waren aufgestapelt lagen. Er stellte fest, daß das Geräusch von der Mauer her kam, die den Feldern zugewandt war und an der es weder Tür noch Fenster gab. Offenbar versuchte jemand, um ins

140

Haus einzudringen, ein Loch in die Mauer zu brechen. Es konnte sich nur um eine neue Untat der ‹Mauerloch-Bande› handeln.

Wenige Augenblicke später, als Folini noch darauf sann, was zu tun sei, löste sich knapp ein Meter über dem Boden ein Kalkbrocken aus der Wand. Und da durch eines der Fensterchen ein Quentchen Mondlicht in den Raum fiel und sich Folinis Augen an die Dunkelheit gewöhnt hatten, konnte er sehen, daß sich ein Ziegelstein bewegte. Ja, wahrlich: er wurde ganz langsam entfernt, und eine weiße, geschmeidige Hand erschien in der Öffnung, griff nach einem anderen Backstein und brach ihn heraus. Nachdem die Öffnung so erweitert worden war, erschien die Hand von neuem und der ganze Vorderarm dazu. Vorsichtig tastete die Hand die Mauer um das Loch herum ab, um festzustellen, ob etwas an der Wand lehnte oder daran hing, das beim Herabfallen hätte Lärm verursachen können.

Folini, ein kräftiger Mann, packte das Handgelenk des Unbekannten und hielt es mit aller Macht fest, grimmig entschlossen, seine Beute auf keinen Fall wieder loszulassen. Gleichzeitig begann er ganz fürchterlich zu schreien.

Die Familienangehörigen des Folini eilten herbei, und einer seiner Söhne wand ein Seil mehrmals um den Arm des Missetäters, so daß dieser sich als hoffnungslos gefangen betrachten mußte.

Giuseppe Folinis Haus lag ziemlich abseits, und es war zwecklos, Alarm zu schlagen, denn die Leute im Dorf hätten es nicht gehört. Und so warteten die Folinis, da sie Angst hatten, in einen Hinterhalt zu geraten, den die Komplizen des Übeltäters hätten parat halten können, bis zum Tagesanbruch. Einer der Bande war jedenfalls ergriffen worden, und befände er sich erst einmal in den Händen der Justiz, würde er schon sagen, wer die anderen waren.

Im Morgengrauen trauten sich die Folinis endlich ins Freie und begaben sich vorsichtig hinter das Haus. Doch da fanden sie nur noch einen Leichnam ohne Kopf.

Die Räuber hatten, wohl fürchtend, ihr Kumpan würde unter der Folter ihre Namen verraten, und um zu verhindern, daß der Unglückselige, einmal erkannt, einen Hinweis auf die Bande geben könnte, dem Mann den Kopf abgeschlagen. Den Kopf hatten sie mitgenommen, um auch die letzte Möglichkeit, ihnen auf die Spur zu kommen, zu vereiteln.

Als man sah, daß der Unglückliche nichts bei sich trug, das zur Feststellung seiner Person hätte beitragen können, habe ich, der Pfarrer, den kopflosen Leichnam zu nächtlicher Stunde in einer Ecke des Friedhofs beerdigt und einen schwarzen Stein als Zeichen auf das Grab gesetzt, mit der Inschrift: ‹8. November 1752 – Hier ruht ein Mann ohn' Name und ohn' Antlitz ...›»

Don Camillo klappte das alte Buch zu und betrachtete einige Augenblicke lang trauervoll die Gemeinde.

«Brüder, ihr seht also, daß mit dieser schrecklichen Geschichte ein Geheimnis gelüftet wurde. Unter dem schwarzen Stein ruht ein Mann ohne Kopf. Das ist schrecklich, aber noch schrecklicher ist, daß Hunderte von Kopflosen in diesem Dorf leben und arbeiten. Mit teuflischer Geschicklichkeit geben sie sich Mühe, ein Loch in die unbewachte Mauer jeden Hauses zu schlagen, mit dem Ziel, sich einzuschleichen und den Leuten den Verstand zu rauben. Sie wollen ihn durch die Propaganda und die Direktiven einer politischen Partei der äußersten Linken ersetzen, deren Name ich hier aus Gründen der Pietät nicht nennen will.»

Die Geschichte des Mannes ohne Kopf hinterließ bei den Leuten vom Dorf einen nachhaltigen Eindruck, und alle wollten auf den Friedhof, um den schwarzen Stein anzuschauen.

Das alte Haus der Folinis stand noch; es war allerdings unbewohnt und diente lediglich noch als Speicher. Am Fuß der Mauer, die den Feldern zugewandt war, wuchs hohes Gras. Als man es mähte, entdeckte man das Loch. Wer abends durch diese Gegend kam, trat fest in die Pedale seines Fahrrades oder gab Gas, wenn er mit dem Motorrad fuhr, denn alle fühlten beim Vorbeifahren, wie ihnen kalte Schauer über den Rücken liefen. Plötzlich kamen auch die ersten Novembernebel auf, und der große Fluß wurde düster und geheimnisvoll.

Eines Abends traf die alte Gabini, als sie auf dem Weg oben auf dem Damm von Castellina heimkehrte, einen Mann ohne Kopf.

Wahnsinnig vor Angst erreichte sie gerade noch ihr Haus und mußte ins Bett gebracht werden, weil sie nicht mehr die Kraft hatte, sich auf den Beinen zu halten. Sie wollte den Priester sehen, und einer ging ins Dorf, um Don Camillo zu holen. Der Bote machte indes in der Cafeteria unter der Laube halt, um einen kleinen Grappa zu trinken, und erzählte brühwarm das Vorgefallene. So wußte schon nach kurzer Zeit das ganze Dorf von der seltsamen Begegnung. Als nun Don Camillo von der alten Gabini nach Hause kam, traf er auf dem Kirchplatz eine große Menschenmenge an, und alle wollten wissen, was für eine Teufelei denn da im Gange sei.

143

«Alles Dummheiten!» erklärte Don Camillo. «Ginge es der alten Gabini nicht so schlecht, wäre das ganze zum Lachen!»

In Wahrheit hatte die arme Alte tatsächlich Sachen gesagt, von denen weder im Himmel noch auf der Erde geschrieben steht.

«Hochwürden, ich hab' ihn gesehen: er war's!»

«Wer war's?»

«Er – der ohne Kopf unter dem schwarzen Stein begraben liegt! Unversehens stand ich ihm von Angesicht zu Angesicht gegenüber!»

«Von Angesicht zu Angesicht? War er denn nicht ohne Kopf?»

«Ohne Kopf, Hochwürden. Er saß auf einem Fahrrad und fuhr davon ...»

Don Camillo mußte grinsen.

«Sehr schön! Aber wie konnte er denn auf einem Fahrrad sitzen, wo er doch schon siebzehnhundertzweiundfünfzig gestorben ist und es damals noch gar keine Fahrräder gab?»

«Das ... das weiß ich nicht», stotterte die Alte. «In der Zwischenzeit wird er's wohl gelernt haben ... Aber ich bin sicher, daß er's war! Er, der Mann ohne Kopf.»

Don Camillos Bericht erheiterte die Leute, die auf dem Kirchplatz versammelt waren, sehr, und die Vermutung der alten Gabini, der Kopflose habe inzwischen Radfahren gelernt, machte fröhlich die Runde von Haus zu Haus.

Zwei Wochen lang geschah nichts Außergewöhnliches, doch dann meldete sich der Mann ohne Kopf plötzlich wieder.

Der Fährmann Giacomone war ihm kurz nach Son-

nenuntergang begegnet. Als er durch ein Akazienwäldchen ging, war der Kopflose plötzlich vor ihm auf dem
Weg erschienen. Freilich war diesmal der Mann ohne
Kopf nicht mit dem Fahrrad, sondern zu Fuß unterwegs,
wie es sich für einen Geist aus dem achtzehnten Jahrhundert geziemt.

Giacomone ging persönlich zu Don Camillo, um es
ihm zu erzählen.

«Du trinkst zuviel, Giacomone!» sagte Don Camillo,
nachdem er sich die Geschichte angehört hatte.

«Seit drei Jahren trinke ich nicht mehr», protestierte
Giacomone. «Auch gehör' ich nicht zu den Leuten, die
sich leicht beeindrucken lassen. Ich beschränke mich
darauf, das zu berichten, was ich mit meinen eigenen
Augen gesehen habe: einen Mann ohne Kopf.»

«Hast du nicht vielleicht einen Mann gesehen, der sich
die Jacke über den Kopf zog, um sich vor dem Regen zu
schützen?»

«Ich habe den durchgeschnittenen Hals gesehen.«

«Gar nichts hast du gesehen! Du *glaubst* es gesehen zu
haben. Geh morgen an dieselbe Stelle zurück, wo du
meinst, dem Mann ohne Kopf begegnet zu sein. Dann
schau dich mal richtig um. Gewiß wirst du einen Ast
oder eine Pflanze entdecken, die dir dieses Trugbild
vorgaukelten.»

Giacomone ging am nächsten Tag hin, und mit ihm
gingen zwanzig weitere Personen. Sie fanden den Ort
der Begegnung, aber sie fanden nichts, was einem Mann
ohne Kopf hätte gleichen können.

Eine Woche später erschien der Mann ohne Kopf
einem Jüngling, aber da fragten sich die Leute schon
nicht mehr, ob die Erscheinungen wirklich waren oder

nicht. Dafür stellten sie eine andere Frage: «Warum geht der Mann ohne Kopf um? Was sucht er?»

Seine Absicht war klar: Der Mann ohne Kopf suchte seinen Kopf. Er wollte ihn wiederhaben, damit er mit ihm zusammen in geweihter Erde ruhe.

Don Camillo ging nicht darauf ein, sich über die Gründe zu äußern, die den Mann ohne Kopf zwischen den Dämmen und entlang den Karrenwegen herumlungern ließen. «Ich denke nicht daran, über solchen Quatsch zu reden!» antwortete er jedem, der ihn danach fragte.

Aber er fühlte sich doch beunruhigt und erzählte seinen Kummer dem Christus auf dem Hochaltar.

«Jesus, seit ich in diesem Dorf Pfarrer bin, habe ich noch nie so viele Leute in die Kirche kommen sehen. Außer Peppone und den paar Spitzbuben seines Generalstabes sind immer alle da: die Alten und Jungen, Gesunden und Kranken.»

«Bist du damit nicht zufrieden, Don Camillo?»

«Nein. Es ist nämlich nur die Angst, die so viele Leute hertreibt. Es ist nicht Gottesfurcht. Und das bekümmert mich. Es bekümmert mich auch, so viele arme Leute voller Angst zu sehen. Ich möchte, daß der Alptraum ein Ende nimmt.»

Christus seufzte.

«Don Camillo, gehörst du zufällig nicht auch zu all diesen verängstigten Leuten?»

Don Camillo breitete die Arme aus und rief selbstsicher:

«Jesus, Don Camillo kennt keine Angst!»

«Das ist sehr wichtig, Don Camillo. Allein schon die Tatsache, daß du frei von Angst bist, genügt, um die andern von ihrer Angst vor dem Kopflosen zu befreien.»

Don Camillo fühlte sich wieder aufgemuntert, aber die Geschichten von Erscheinungen des Mannes ohne Kopf nahmen kein Ende, und sie wurden durch die Einmischung Peppones nur komplizierter.

Eines Tages nämlich begegnete Peppone Don Camillo auf dem Dorfplatz und sagte so laut, daß man es auf dem anderen Ufer des Flusses hätte verstehen können:

«Hochwürden, ich höre da seltsame Gerüchte über einen Mann ohne Kopf. Wißt Ihr etwas darüber?»

«Ich nicht», antwortete Don Camillo. «Worum handelt es sich denn?»

«Es scheint, daß ein Mann ohne Kopf sich des Abends im Dorf sehen läßt.»

«Ein Mann ohne Kopf? Das muß bestimmt einer sein, der das Volkshaus sucht und sich bei deiner Partei einschreiben will!»

Peppone steckte das ein, ohne einen Millimeter zu weichen.

«Möglich. Aber könnte es nicht auch sein, daß es sich um ein Gespenst handelt, das im Pfarrhaus fabriziert und in Umlauf gesetzt wurde, damit die verschreckten Leute hinter der Soutane des Pfarrers Zuflucht suchen?»

«Im Pfarrhaus werden keine Gespenster fabriziert, weder solche mit noch solche ohne Kopf», erwiderte Don Camillo.

«Aha, die ohne Kopf laßt Ihr wohl direkt aus Amerika kommen?»

«Warum sollten wir uns an die ausländische Industrie wenden, wo doch die Ortsgruppe deiner Partei die besten kopflosen Gespenster liefert?»

«Wie dem auch sei», gab Peppone zurück, «eines ist

sicher: daß nämlich das Gespenst des Mannes ohne Kopf aus dem Pfarrhaus stammt!»

«Es kommt aus krankhaften Gehirnen. Ich habe die Geschichte von dem Mann ohne Kopf erzählt, aber sie stammt aus der Historie. Das Dokument steht jedem, der irgendwelche Zweifel hegt, frei zur Verfügung.»

Don Camillo machte sich auf den Weg zum Pfarrhaus, und Peppone folgte ihm zusammen mit dem Smilzo, Brusco, Bigio und den anderen hohen Tieren seines Generalstabes.

Das ominöse Buch lag noch auf dem Schreibtisch in der Stube. Don Camillo zeigte darauf und meinte zu Peppone:

«Such den 8. November 1752 und lies!»

Gemächlich blätterte Peppone in dem dicken Schinken, und als er die Stelle, die ihn interessierte, gefunden hatte, las er sie. Dann las er sie noch einmal. Dann ließ er die andern lesen.

«Wenn ihr an der Echtheit des Dokumentes zweifelt, so laßt es meinetwegen von einem Fachmann prüfen, der euer Vertrauen genießt. In der ganzen Angelegenheit kann man mir nur eines vorwerfen, daß ich nämlich nicht daran dachte, daß eine Chronik aus dem Jahre siebzehnhundertzweiundfünfzig die Gemüter so gefährlich erregen könnte.»

«Dann ist also etwas Wahres an der Geschichte des Mannes ohne Kopf?» brummte Bigio.

«Wahr daran ist einzig, was auf diesem Blatt geschrieben steht», bekräftigte Don Camillo. «Alles übrige ist pure Einbildung!»

Der Peppone-Trupp ging nachdenklich weg, und am

selben Abend begegneten zwei andere aus dem Dorf dem Mann ohne Kopf.

Am folgenden Tag sprach eine Gruppe von Matronen bei Don Camillo vor. Die Frauen waren äußerst erregt.

«Hochwürden, Sie müssen etwas unternehmen! Sie müssen eingreifen! Das Grab mit dem schwarzen Stein muß gesegnet und für das Heil der gepeinigten Seele eine Messe gelesen werden!»

«Nein», antwortete Don Camillo. «Nein, hier gibt's überhaupt keine gepeinigte Seele. Es sind nur eure dummen Hirngespinste, für die ich mich nicht verwenden kann!»

«Wir werden beim Bischof protestieren!» schimpften die Weiber.

«Macht, was ihr wollt! Kein Mensch kann mich zwingen, an Gespenster zu glauben!»

Der Alptraum wurde schlimmer und schlimmer; bald hatten schon Aberdutzende den Mann ohne Kopf gesehen. Wie eine Seuche hatte die Angst sogar auf die vernünftigsten Köpfe übergegriffen, und die Lage wurde mit jedem Tag bedenklicher. So beschloß Don Camillo eines Abends, etwas dagegen zu unternehmen.

Er wartete, bis alles Leben im Dorf zur Ruhe gekommen war, und klopfte dann an Peppones Tür.

Peppone war noch auf und öffnete sofort.

Es goß wie aus Kübeln, und so schien, was Don Camillo nun sagte, Peppone mehr als natürlich:

«Ich muß zu einem Sterbenden, und mit dem Rad schaff' ich es nicht. Bring mich mit dem Auto hin!»

Peppone fuhr den Dienstwagen aus dem Schuppen.

Sie stiegen ein.

«Fahr mich noch schnell ins Pfarrhaus», sagte Don Camillo. Dort angekommen, stieg Don Camillo aus und forderte Peppone auf, ebenfalls auszusteigen.

«Ich muß mit dir reden», erklärte Don Camillo in der Wohnstube.

«War diese ganze Komödie eigentlich nötig?»

«Diese und noch ganz andere Komödien! Hier spielen bald alle verrückt, und wir, die den Verstand noch beisammen haben, müssen sie um jeden Preis von der Angst befreien. Es ist zwar nicht ehrenhaft, was ich dir vorschlage, aber ich nehme vor Gott und den Menschen die Verantwortung auf mich. Wir müssen den Fund eines Totenschädels vortäuschen. Dazu werden wir einen geeigneten Ort aussuchen. Ich vergrabe den Schädel, und du läßt Erdarbeiten durchführen, damit man ihn wieder findet.

Ich werde ihn zusammen mit einer halben Münze aus jener Zeit eingraben. Die andere Münzhälfte werde ich in das Grab zu den Gebeinen unter dem schwarzen Stein legen. Kapiert?»

Peppone schwitzte.

«Eine scheußliche Sache», brummte er.

«Aber noch scheußlicher ist es, daß die Leute vor Angst verrückt werden. Man muß sie von der einen Einbildung durch eine andere Einbildung heilen. Jetzt müssen wir noch die Einzelheiten des Plans festlegen.»

Sie legten die Einzelheiten des Plans fest, und so wurde es ziemlich spät.

Als Peppone wieder ins Auto stieg, war es gerade zwei Uhr in der Frühe.

Plötzlich stieß er einen Fluch aus.

«Was ist denn?» fragte Don Camillo, der noch unter der Tür stand.

«Es muß was mit der Batterie sein, der Anlasser funktioniert nicht!»

Er versuchte, den Wagen mit der Handkurbel zu starten, aber alle Mühen waren vergebens.

«Laß die Kiste hier. Du kannst sie ja morgen früh abholen», meinte Don Camillo. «Ich begleite dich nach Hause. Ich bin sowieso schon bis auf die Knochen naß.»

Sie machten sich im strömenden Regen auf den Weg, auf dem Sträßchen, das um das Dorf herumführt. Mit einem Mal blieb Peppone stehen und packte mit einer Hand den Arm Don Camillos.

Gerade vor ihnen, mitten auf der Straße, war der Mann ohne Kopf.

Der Himmel wurde von den grellen Blitzen des Unwetters erhellt, und man konnte ihn deutlich sehen: ja, es war der Mann ohne Kopf. Er ging seinen Weg, und Don Camillo und Peppone folgten ihm langsam.

Er bog in das Sträßchen ein, das zum Damm führte, und als er unter der Jahrhunderteiche ankam, verhielt er seinen Schritt. Auch Don Camillo und Peppone blieben stehen.

Erneut beleuchtete das Flackern eines Blitzes den unter der Eiche stehenden Mann ohne Kopf. Dann folgte ein heftiger Donnerschlag, der Don Camillo und Peppone einige Sekunden lang betäubte.

Der Blitz hatte die bereits ausgehöhlte Jahrhunderteiche in Stücke zersplittert und bis zu den Wurzeln freigelegt. Neue Blitze erhellten die Holztrümmer, aber von dem Mann ohne Kopf war keine Spur mehr zu entdecken.

Don Camillo fand sich zusammengekrampft in seinem Bett liegend wieder, ohne genau zu wissen, wie er da hineingekommen war, und verfiel in einen bleiernen Schlaf.

Doch schon früh am Morgen wurde er wieder geweckt und buchstäblich ins Freie gezerrt. Das halbe Dorf hatte sich um die Jahrhunderteiche versammelt, wo in der schwarzen Erde zwischen den freigelegten Wurzeln ein gebleichter Schädel lag.

Die Leute zögerten keinen Augenblick: er konnte nur dem Mann ohne Kopf gehören. Die Art und Weise, wie er zum Vorschein gekommen war, bestätigte es. Sie begruben ihn noch am selben Morgen in dem Grab mit dem schwarzen Stein.

Alle fühlten, daß der Alptraum jetzt vorüber war.

Noch völlig verblüfft ging Don Camillo heim und kniete vor Christus nieder.

«Jesus», stammelte er, «ich danke dir, daß ich für meine Vermessenheit bestraft worden bin. Jetzt weiß ich, was Angst heißt.»

«Warum? Glaubst du jetzt auch an Gespenster ohne Kopf?»

«Nein», antwortete Don Camillo. «Aber gestern nacht wurde auch mein Verstand für eine kurze Weile von der allgemeinen Angst beherrscht.»

«Das ist eine fast wissenschaftliche Erklärung», flüsterte Christus.

«Es ist ein Mittel wie jedes andere, um meine Schmach nicht einzugestehen», erklärte Don Camillo.

Der Mann mit dem abgeschlagenen Kopf hatte nun einen Kopf. Aber war's auch der seine? Oder vielleicht doch nicht?

Wie auch immer, er gab sich jedenfalls damit zufrieden und verwirrte nicht länger die Gemüter der Leute.

Und der große, stille Fluß trug auch diese Geschichte wie ein totes Blatt mit sich ins Meer.

Das Versprechen

Die Familien-Kirchenbank stand in den ersten Reihen, und diese Tatsache konnten weder Bolgotti noch seine Frau, die steif neben ihm saß, übersehen. Unter den Mädchen, die an der Kommunion teilgenommen hatten, war Cesarina nicht zu entdecken.

Weder Bolgotti noch seine Frau zuckten mit der Wimper. Wer in einem Dorf lebt, muß sich in jedem Augenblick beherrschen können, besonders wenn er einen Namen und einen guten Ruf zu verteidigen hat.

Die beiden Eheleute benahmen sich daher wie an allen übrigen Feiertagen, und als die Messe beendet war, verließen sie Arm in Arm die Kirche, begaben sich ins gewohnte Café zum gewohnten Aperitif, plauderten mit den gewohnten Freunden und kehrten dann gemächlich nach Hause zurück.

Dort war Cesarina und wartete auf sie, und da sie die beiden so ruhig sah, atmete sie erleichtert auf. Es war gut gegangen.

Doch das Gewitter zog bereits über ihrem Haupt auf, und das Donnerwetter brach nach dem Mittagessen los, als das Dienstmädchen, nachdem es das Geschirr abgewaschen hatte, spazieren ging.

Dann fragte Bolgotti Cesarina:

«Bist du gestern abend nicht zur Beichte gegangen?»

«Natürlich ist sie», sagte die Frau, «ich hab' sie ja selber bis vor die Kirche begleitet.»

«Und wie kommt es, daß du heute morgen nicht zur Kommunion gegangen bist?» erkundigte sich Bolgotti.

Cesarina war schon zweiundzwanzig Jahre alt, aber sie war nach altmodischer Art erzogen worden, und ihr Vater flößte ihr große Angst ein. Zuerst errötete sie, dann wurde sie blaß.

«Gerade als ich zur Kommunion wollte, wurde mir schwindlig», druckste sie hervor. Man sah ihr schon meilenweit an, daß sie log.

«Ich hab' gesagt, daß ich wissen will, aus welchem Grund du heut' morgen nicht zur Kommunion gegangen bist!» schrie Bolgotti und hieb mit der Faust auf den Tisch.

Das Mädchen schaute die Mutter an, aber dort traf sie nur auf harte, feindselige Augen.

«Ich durfte nicht», sagte Cesarina verängstigt. «Der Priester wollte mir die Absolution nicht erteilen. Aber ich habe nichts Böses getan.»

Bolgotti sprang auf die Füße und näherte sich dem Mädchen. Er war so groß und stark, daß er einem einen Schrecken einjagen konnte, und Cesarina kam sich noch winziger vor als sonst.

«Wenn er dir die Absolution nicht erteilt hat, mußt du etwas Schlechtes getan haben», sagte der Mann mit knirschenden Zähnen.

«Ich habe nichts getan», keuchte das Mädchen, «es ist wegen der Wahlen ... Er hat mich gefragt, für wen ich stimme, und er hat mir gesagt, falls ich für die Monarchie stimme, könne er mich nicht lossprechen.»

Bolgotti grinste.

«Da hast du dir keine schlechte Ausrede zurechtgelegt, aber ich bin kein solcher Dummkopf, daß ich sie glaube. Laß das unsinnige Gerede und sag mir, was du angestellt hast.»

Die Mutter stürzte sich auf das Mädchen und zerrte es an den Haaren.

«Sag's, du elendes Ding, sag's, oder ich kratz dir die Augen aus!»

«Ich hab' die Wahrheit gesagt, ich schwöre es», schluchzte Cesarina. «Geht doch zu Don Camillo und fragt ihn. Ihr werdet sehen, daß dies der Grund ist.»

«Schamloses Weibsbild!» brüllte die Mutter und schüttelte das Mädchen wie rasend. «Sie sagt das nur, weil sie weiß, daß der Priester nichts sagen darf.»

Cesarina hing wie ein lebloser Lappen in den Händen der Mutter, und nach einer Weile lockerte die Frau ihren Griff.

Das Mädchen sank erschöpft auf das Sofa und beharrte darauf, daß sie die Wahrheit gesagt habe und dass ihr die Absolution nicht erteilt worden sei, weil sie Don Camillo erklärt habe, sie werde der Liste mit Stern und Krone ihre Stimme geben.

«Ich wußte nicht, daß dies eine Sünde ist. Ich hab's nicht gewußt», jammerte sie.

Bolgotti packte das Mädchen wutschnaubend und riß es hoch.

«Bevor Don Camillo es dir gesagt hat, hast du es nicht gewußt, aber nachdem Don Camillo es dir erklärt hatte, wußtest du es. Und dann hätte genügt, daß du ihm sagtest: ‹Gut, ich werde also am Sonntag nicht für diese Liste stimmen›, und du hättest die Absolution bekommen. Merkst du denn nicht, auf was für schwachen Füßen deine Geschichte steht? Vorwärts, heraus mit der Wahrheit!»

156

Aber so sehr man sie schüttelte und buchstäblich fertigmachte, Cesarina gab nicht nach. Sie hatte sich nun einmal in das dumme Märchen hineinmanövriert und wiederholte ständig, daß es keine anderen Gründe gebe.

Bolgotti und seine Frau waren völlig außer sich vor Wut. Schließlich führte der Eigensinn des Mädchens so weit, daß der Mann den Gürtel abschnallte und auf sie einschlug, bis ihm der Atem ausging.

«Ich konnte nicht», wimmerte Cesarina. «Ich habe geschworen.»

«Was geschworen?» schrie Bolgotti.

«Ich habe geschworen, daß ich am Sonntag für den Stern stimmen werde.»

«Und wem hast du geschworen?»

«Einem Menschen.»

«Einem Menschen!» Bolgotti riß vor Erstaunen weit die Augen auf.

Einige Minuten schien er wie vom Blitz getroffen, dann übermannte ihn erneut die Wut. Er packte den Schürhaken, der neben dem Kamin hing, und hob ihn hoch.

«Wer ist dieser Mensch? Sprich, oder ich bring' dich um!»

Und Cesarina sprach. Eigentlich war es mehr ein Schluchzen als ein Sprechen, aber dennoch konnte man daraus entnehmen, daß jener Mensch ein junger Mann war, ein anständiger junger Mann, mit dem Cesarina einige Worte gewechselt hatte.

«Sie hat ein Verhältnis und hat es nicht einmal ihrer Mutter gesagt!» rief Bolgottis Frau entsetzt.

Sie nahmen sie buchstäblich so weit auseinander, wie es überhaupt ging, und dann erstickten sie Cesarina unter einer Lawine schrecklicher Beschimpfungen.

«Also deshalb hat ihr der Priester die Absolution verweigert!» donnerte Bolgotti. «Sie hat sich kompromittiert, sie hat die Familie entehrt! Das war's – und nicht die Wahlen!»

Es gab keine Möglichkeit mehr, das unglückliche Mädchen noch weiter zu mißhandeln. Es hatte mehr als genügend Schläge und Beschimpfungen eingesteckt. Jetzt ging es um ein rein praktisches Problem.

So schickten sie das Mädchen weg. «Geh auf dein Zimmer und komm erst dann herunter, wenn wir dich rufen.»

Cesarina sah erst am folgenden Abend, am Freitag, wieder einen Menschen. Ihre Mutter trat ins Zimmer und warf ihr etwas Eßbares auf den Tisch. Sie schleuderte ihr ein gräßliches Wort ins Gesicht und schlug die Tür zu.

Am Samstag gegen Mittag brachte man ihr einen Teller Minestra und ein kleines Stück Fleisch. Es war wieder die Mutter, und wieder sagte sie das abscheuliche Wort.

Das Mädchen schluchzte.

«Ich möchte meinem Vater etwas sagen.»

Einige Minuten später polterte Bolgotti herauf.

«Was willst du?» fragte er drohend.

«Ich werde nicht für den Stern stimmen, sondern für das Schild mit dem Kreuz», antwortete das Mädchen. «Gott wird mir verzeihen, wenn ich meinen Schwur breche.»

«Und dann?» wetterte Bolgotti.

«Wenn ihr mich zur Beichte gehen läßt, werde ich morgen früh zur Kommunion gehen.»

Die Mutter fuhr dazwischen.

«Hör nicht auf sie, sie ist ein schamloses Weib! Jetzt fängt sie wieder mit ihrem Märchen an. Als ob sie uns nicht schon genügend an der Nase herumgeführt hätte.»

«Wenn ihr mich zur Beichte in die Kirche begleitet, werde ich morgen früh zur Kommunion gehen, damit ihr euch überzeugen könnt, daß ich die Wahrheit sage. Wenn der Priester mich losspricht, bedeutet das, daß ich nichts Schlimmes getan habe.»

Die Mutter sagte aufs neue zu ihrem Mann, er solle nicht darauf hören, doch der Vater schüttelte den Kopf.

«Nein, ich will wissen, wie weit die Frechheit dieses Mädchens geht», sagte er. «Ich selbst werde es jetzt und morgen früh begleiten.»

Tatsächlich ging er mit ihr zur Kirche und wartete unter der Tür auf sie. Wenige Minuten später kam das Mädchen wieder heraus.

«Schon fertig?» fragte Bolgotti sarkastisch.

«Ich hatte ja fast nichts anderes zu sagen. Begleite mich morgen früh zum Wahllokal, sobald es geöffnet ist. Ich werde in der Halbneunuhr-Messe kommunizieren.»

Man brachte sie auf ihr Zimmer zurück.

«Die brütet doch irgendeinen Trick aus», folgerte die Mutter mißtrauisch, als der Mann ihr erzählte, was geschehen war. «Auf jeden Fall wird sie heute nacht bei mir schlafen. Ich trau' ihr nicht.»

Am andern Morgen verließen die Bolgottis schon vor acht Uhr das Haus. Sie gingen in der Dorfschule wählen und waren rechtzeitig vor der Halbneunuhr-Messe fertig.

In der Messe bemerkten sie unter den jungen Mädchen, die zur Kommunion gingen, auch Cesarina.

Als Bolgotti sah, daß Don Camillo Cesarina die Kommunion erteilte, als wäre das die selbstverständlichste Sache der Welt, warf er seiner Frau einen Blick zu.

Am Schluß der Messe geschah dann alles wie an den anderen Feiertagen, nur schneller, weil es regnete.

Sie kehrten nach Hause zurück und setzten sich alle drei schweigend vor das Feuerchen, das das Dienstmädchen im Kamin angezündet hatte, denn es war ziemlich kühl, obwohl man schon Anfang Juni schrieb.

Plötzlich sagte Bolgotti mit gedämpfter Stimme:

«Cesarina, wenn du für Stern und Krone statt für Schild und Kreuz gestimmt hättest, wärst du unehrenhaft gewesen, unwürdig, die geheiligte Hostie zu empfangen. Das gilt auch für mich und deine Mutter. Statt dessen sind wir ehrenhafte Leute, weil wir alle drei für die Partei gestimmt haben, die uns Don Camillo angegeben hat. Wir können stolz darauf sein. Cesarina, jetzt wo alles wieder seine Ordnung hat – könnte man da nicht erfahren, wie jener junge Mann heißt, dem du versprochen hast, für den Stern zu stimmen?»

«Ja, Papa. Er heißt Gigi Lamotti.»

Bolgotti wendete langsam den Kopf, bis er auf den Blick seiner Frau traf.

«Gigi Lamotti?» fragte er leise. «Der junge Mann, der letzten Monat bei Fiumetto bei einem Verkehrsunfall ums Leben gekommen ist?»

«Ja, Papa. Wir hatten miteinander in einem kleinen Lokal gesprochen.»

«Schon gut, Cesarina», flüsterte Bolgotti. «Er war ein braver Junge. Frieden seiner Seele.»

Sie blieben alle drei stumm vor dem Feuerchen sitzen, bis es schließlich erlosch. Um zwölf Uhr aßen sie nicht.

«In gewissen Augenblicken hat man keinen Hunger»,

erklärte Bolgotti. «Es ist die Aufregung wegen der Wahlen. Politik regt nun einmal auf.»

Es war schon Nacht, als Bolgotti im Pfarrhaus eintraf.

«Gibt's was Besonderes?» erkundigte sich Don Camillo. «Irgendwas Schlimmes?»

«Nein, Hochwürden, alles ist in Ordnung, alles hat letzten Endes gut funktioniert. Wir haben alle drei ein gutes Gewissen, weil wir unsere Stimme so abgegeben haben, wie Ihr das gewünscht habt. Wenn ich zu dieser späten Stunde komme, so deshalb, weil ich keinen Skandal will. Ich möchte, daß die Sache unter uns bleibt, Hochwürden. Ich möchte Euch nämlich eine Geschichte erzählen, und zwar unter dem Beichtgeheimnis. Eine merkwürdige Geschichte, die uns dieser Tage passiert ist.»

Bolgotti erzählte mit ruhiger Stimme, und am Schluß seufzte er.

«Ich will gar nicht wissen, was Ihr darüber denkt, Hochwürden. Ich bitte Euch nur darum, mit mir Hand anzulegen, denn ich muß draußen etwas auf den Lieferwagen laden.»

Don Camillo folgte Bolgotti hinaus, war nicht erstaunt und sagte auch nichts. Er half wie verlangt, und Bolgotti fuhr weg.

Einige Zeit verstrich, und an einem Sonntag blieb Don Camillo nach der Messe zurück, um mit Christus auf dem Hochaltar zu reden.

«Jesus», sagte er, «die Bolgottis waren auch heute nicht in der Kirche. Wahrscheinlich wirst du sie nie wiedersehen. Ich kenne diese Typen. Sehr brave Leute, aber dickschädlig. Ich bedaure das auch wegen ihrer Familien-Kirchenbank. Sie stand hier seit 1805, seit hundertfünfzig Jahren also. Sie haben sie eines Abends zurückgeholt. Um genau zu sein, der Bolgotti ist gekommen, weil er mit mir reden wollte. Jesus, ihr Haus steht direkt gegenüber der Kirche auf der anderen Seite der Piazza, und das Korridorfenster des ersten Stockwerks schaut genau auf die Kirche. Jetzt steht die Kirchenbank der Familie dort, und jeden Sonntag öffnen die Bolgottis das Fenster und folgen so der Messe. Die alte Giuseppina hat es mir gesagt, denn sie ist ihre Vertrauensperson. Das machen sie jeden Sonntag. Jesus, ich weiß, es stimmt nicht mit den Regeln überein, aber ich möchte dich bitten, die Bolgottis als in der Kirche anwesend zu betrachten.»

Christus gab keine Antwort und Don Camillo fuhr fort:

«Jesus, ich sehe alles ein, aber du mußt dir vor Augen halten, daß ich nur ein kleiner Seelenhirte bin, der im Taglohn arbeitet. Ich bin nur das letzte Rad am Wagen.»

Don Camillo hob die Schultern, dann schaute er wieder hinauf und sagte:

«Jesus, mach, daß ich nicht das fünfte Rad am Wagen bin.»

Christus antwortete nicht, und Don Camillo entfernte sich langsam, das Herz voll tiefer Trauer.

Der Rohling

Der Rohling war ein Gottloser.

Dies war nicht einfach Sache des Parteibuches, denn hier, längs des großen Flußes, gab es nämlich Rote wie Unkraut. Aber selbst wenn sie nie in die Kirche gingen oder sich sonstwie verrucht gaben oder irgendeine Gaunerei aussheckten, sei es mit einem politischen oder einem persönlichen Hintergrund – einen Gott hatten sie alle.

Es gab, nimmt man alles in allem, eigentlich keine Menschen ohne Gewissen – außer dem Rohling.

Dieser kannte keine Hemmungen, keine Gewissensbisse. Nichts konnte ihm den Schlaf rauben. Für ihn gab es, wenn er einen Schädel oder einen Stein zertrümmern sollte, nur einen Unterschied: Um einen Stein zu zertrümmern, mußte man kräftiger zuschlagen.

Im Dorf getrauten sich nicht einmal seine Kumpane, ihn zu reizen, denn wenn er einmal in Fahrt kam, schaute der Rohling weder nach rechts noch nach links.

Natürlich finden solche Unglücksmenschen nie eine so verrückte Frau, die es ihnen gehörig heimzahlen würde. Nein, sie finden im Gegenteil immer die bravsten Mädchen der Welt, die, nachdem sie als Verlobte eine Menge Ohrfeigen eingesteckt haben, nur darauf erpicht sind, als Ehefrau noch mehr einzustecken.

Das unglückliche Frauenzimmer, das sich vom Rohling heiraten ließ, war Celestina Brecci, eines der sanftmütigsten Mädchen des Dorfes. Sie gehörte zu jenen weiblichen Wesen, die die Ehe als eine missionarische Aufgabe betrachten.

Celestina verzweifelte nicht, als sie sah, daß der Rohling, statt sich zu bessern, immer schlimmer wurde.

‹Jetzt mag es so bleiben›, dachte sie, ‹aber wenn er erst einen Sohn hat, wird er sich bestimmt ändern.›

Endlich war der Sohn da, und tatsächlich änderte sich der Rohling.

Er wurde noch bösartiger, noch brutaler.

Aber Celestina verlor den Mut nicht.

‹Jetzt›, dachte sie, ‹empfindet er noch nichts für das Kind, da es noch klein ist. Doch wenn es erst einmal größer ist, wird er sich schon ändern.›

Monate und Jahre vergingen, aber der Rohling blieb immer derselbe, und er schien erst zufrieden zu sein, als der Junge fünf wurde.

«Jetzt», sprach er, «jetzt bist du groß genug, daß ich dich mit Kopfnüssen traktieren kann!»

In Wirklichkeit aber hatte Cino, der Sohn des Rohlings, gar nichts von seinem Vater. Er war überhaupt nicht von der Art, die man mit Kopfnüssen traktieren konnte, denn er war nicht nur sehr klein, sondern auch überaus sanft und zart wie die Mutter.

«Er ist so dumm, daß es gar keine Freude macht, ihn zu schlagen», mußte der Rohling nach einiger Zeit zugeben.

Und da er auf seine geheiligten Rechte nicht verzichten wollte, hielt sich der Rohling an der Mutter schadlos, indem er ihr auch noch die Prügel verabreichte, die eigentlich seinem Sohn zugedacht waren.

Als er sechs Jahre alt war, wurde Cino zur Schule

geschickt. Das Haus des Rohlings war sehr abgelegen, inmitten der Felder, und man mußte ein ordentliches Stück Weg zu Fuß gehen, um ins Dorf zu gelangen. Aber Cino hatte die Abkürzung schon bald heraus.

Es gefiel ihm sehr, allein über die einsamen Felder zu schlendern. Die Gesellschaft anderer Kinder langweilte ihn.

Durch das Leben in der abgelegenen Hütte hatte Cino bis anhin nur einen einzigen Fremden kennengelernt: den Vater. Und der hatte dem Herzen des Kindes allen anderen Menschen gegenüber, die nicht seine Mutter waren, Angst und Mißtrauen eingeflößt.

An einem Novembernachmittag stapfte Cino den Weg einher, am Rand des Grabens entlang. Der Nebel machte ihm keine Angst, sondern erheiterte ihn eher. So fühlte er sich vor der feindlichen Umwelt abgeschirmt.

Nie hatte er auf der Abkürzung über den Damm des Grabens jemanden getroffen. Aber um sicherzugehen, hatte er sich eine Variante ausgedacht: Wenn er die Pappelgruppe erreichte, bog er rechts ein, ging dann das Eichenwäldchen von Pralungo entlang und nahm schließlich einen halben Kilometer vor dem Haus seiner Eltern den Weg am großen Graben wieder auf.

Seit langer Zeit hatte er sich seinen eigenen Weg ausgedacht und gerade diesen Nebeltag dazu ausgesucht, um ihn auszuprobieren. Das machte das ganze Unterfangen für den kleinen Erstkläßler nur noch abenteuerlicher und faszinierender.

Doch in der Mitte des Wäldchens von Pralungo stand Cino plötzlich vor etwas. Mit roten, böse blickenden

165

Augen war dieses Etwas aus dem Nebel aufgetaucht: ein verkommen aussehender Köter. Ein streunender Hund.

Cino bekam es mit der Angst zu tun und wollte Reißaus nehmen, aber der Hund überholte ihn, pflanzte sich vor ihm auf und zeigte die Zähne.

Eine Weile blieb der Junge unbeweglich stehen, dann aber setzte er sich wieder langsam in Bewegung. Er trippelte mit winzig kleinen Schritten, und der Hund folgte ihm in zwei Metern Entfernung. Er ließ ihn gehen, aber als Cino wieder losrennen wollte, überholte er ihn erneut und versperrte ihm drohend den Weg.

Cino hielt an, aber da er sah, daß er sich verspäten würde, versuchte er ganz gemächlich weiterzugehen. Das Biest trottete hinter ihm her, ließ ihn aber gewähren. Als sie den Graben erreicht hatten, blieb der Hund zurück, und Cino konnte nach Hause.

Die Mutter schimpfte ihn wegen der Verspätung aus, doch Cino sagte nichts von dem Hund.

Am nächsten Tag, auf dem Heimweg von der Schule, folgte der Junge der alten Straße. Er hatte Angst, wieder dem streunenden Köter zu begegnen.

Er lief den Weg am Graben entlang, da er sich dort sicherer fühlte, aber an der bestimmten Stelle erschien wieder der Hund. Wie am Vortag versuchte Cino, mit winzig kleinen Schritten weiterzugehen, doch diesmal ließ es der Köter nicht zu und fletschte die Zähne. Schlimmer noch: nach einer Weile kam er knurrend näher und zwang das Kind, rückwärts zu gehen.

Cino machte rechtsum kehrt und begann ein verzweifeltes Rennen, wobei er jeden Augenblick fürchtete,

166

die Zähne des Hundes in seinem Fleisch zu spüren. Aber der Hund folgte ihm bloß, ohne ihm etwas anzutun oder ihn zu bedrohen.

So ging es bis zur Pappelgruppe.

Als Cino die Pappeln erreichte, überholte ihn der Hund mit einem Satz und zwang ihn anzuhalten. Cino probierte es wieder mit seinen Trippelschritten, doch das Biest verstellte ihm sofort den Weg.

Der Pfad durch das Wäldchen von Pralungo war nur zwei Meter entfernt. Cino versuchte es dort, und der Hund machte keinerlei Anstalten, ihn zu hindern. Er beschränkte sich darauf, ihm zu folgen, und Cino spürte den heißen Atem an seinen Waden.

Es geschah alles genau wie am Abend zuvor: kurz vor der Einmündung zum Weg am Graben blieb der Köter zurück.

An diesem Abend war Celestina noch strenger mit ihrem Sohn.

«Wenn du nicht brav bist und rechtzeitig nach Hause kommst», drohte sie, «sag ich's deinem Vater.»

Die Drohung erschreckte den Jungen. Er versprach hoch und heilig, es künftig nicht mehr zu tun. Und so nahm er am folgenden Tag auch für den Hinweg die normale Straße.

Er kam eine halbe Stunde zu spät zum Unterricht, weshalb ihn die Lehrerin eine halbe Stunde nachsitzen ließ.

Cino mußte jetzt die Abkürzung einschlagen, und nach einiger Zeit sprang auf der Höhe des Weges bei den Pappeln wieder der Köter hervor und zwang den Knaben, die lange Straße durch das Wäldchen von Pralungo zu laufen.

An diesem Abend verlor Celestina die Geduld, und als der Rohling nach Hause kam, sagte sie zu ihm:

«Schon seit drei Tagen kommt der Junge erst fast bei Nacht von der Schule zurück. Sieh zu, daß du ihm beibringst, rechtzeitig heimzukommen.»

Der Rohling öffnete nicht einmal den Mund, sondern knallte seinem Sohn eine Ohrfeige, daß ihm Hören und Sehen verging.

«Das war bloß ein Müsterchen», erklärte er. «Wenn dir diese Ware gefällt und du das nächste Mal wieder zu spät heimkommst, folgt der Rest nach.»

Am nächsten Morgen machte sich Cino dreiviertel Stunden eher auf den Weg als sonst und kam viel zu früh in der Schule an, obwohl er der Hauptstraße gefolgt war.

Auf dem Heimweg nahm er wieder die Hauptstraße und beeilte sich sehr. Der Schädel brummte ihm noch von der gewaltigen Ohrfeige des Vaters, und der Gedanke, zu spät nach Hause zu kommen, versetzte ihn in panische Angst.

Bei der Schleuse mußte er indes stehen bleiben: Wieder sprang der Hund hinter einer Hecke hervor und verstellte ihm den Weg. Weit und breit war keine Menschenseele zu sehen, und als Cino zu schreien versuchte, näherte sich der Hund knurrend.

Er mußte über den Graben und dann mit langsamen Schritten durch das Wäldchen von Pralungo, bis die Bestie schließlich am gewohnten Platz von ihm abließ, ohne ihn weiter zu belästigen.

Noch nie war er so spät nach Hause gekommen. Sogar der Vater war vor ihm da und erwartete ihn mit einem Schrecken einflößenden Gesicht. Kaum hatte Cino die

168

Küche betreten, schob der Rohling seine Frau, die ihn zurückzuhalten suchte, zur Seite, und trat zähneknirschend auf ihn zu.

«Nein!» schrie der Bub voller Angst. «Ich bin nicht schuld! Schuld ist der Hund!»

Die erste Ohrfeige sauste wie ein Steinschlag auf seinen Kopf herab und warf ihn mit einer Gehirnerschütterung zu Boden. Aber Cino fand noch die Kraft weiterzuschreien, daß es nicht seine Schuld, sondern die Schuld des Hundes sei.

Unter dem Fußtritt des Rohlings, mit dem er das Kind zu treffen suchte, knirschten jedoch schon die mageren Knochen der Celestina, die sich kreischend auf den Jungen geworfen hatte. Dem Rohling war das schnuppe, und er zog sich zufrieden zurück. Celestina trug ihren Sohn ins Bett. Er fieberte und konnte in dieser Nacht nicht einschlafen.

Tags darauf stand Cino auf und richtete sich her. Dann sagte er zu seiner Mutter:

«Ich geh' heut nicht zur Schule. Ich will überhaupt nicht mehr hingehen. Ich habe Angst vor dem Hund.»

Der Rohling, der sich gerade ankleidete, um zur Arbeit zu gehen, trat hinter seine Frau und das Kind.

«Wer will hier nicht mehr in die Schule?» brüllte er.

«Das Kind hat Angst vor dem Hund!» antwortete Celestina erschrocken. «Die ganze Nacht hat es gefiebert und dauernd von diesem vermaledeiten Hund geredet. Sei nicht so heftig mit ihm, hör ihm einen Augenblick zu.»

Der Rohling schnaubte.

«Was ist das für ein Blödsinn?» fragte er unwirsch.

«Er hat's auf mich abgesehen», keuchte zitternd das

Kind. «Jeden Abend wartet er auf mich hinter dem Wäldchen der Abkürzung.»

«Dann gehst du eben nicht mehr über die Abkürzung!» schimpfte der Rohling. «Nimm die Hauptstraße!»

«Gestern bin ich auf dem Hin- und Rückweg da gegangen», erklärte der Bub, «aber auf dem Heimweg sprang der Hund hinter der alten Schleuse hervor. Ich hab' versucht, um Hilfe zu schreien, aber da fing er an, mich anzugreifen. Ich mußte zur Abkürzung zurück, sonst hätte er mich nicht gehen lassen.»

«Der spinnt ja völlig und glaubt, daß auch wir spinnen!» höhnte der Rohling.

«Ich schwör's, es ist die Wahrheit!» rief der Junge. «Auf dem Hinweg ist der Hund nie da, auf dem Rückweg aber kommt er immer!»

«Wenn er auf dem Hinweg nie da ist», stellte der Rohling fest, «so mach dich jetzt auf den Weg.»

«Und wie komme ich zurück?» fragte der Junge verzweifelt.

«Lauf einfach drauflos. Wenn du dich verspätest, komm' ich dir entgegen. Und nun hau ab!»

Cino nahm seine Schulmappe und verließ das Haus.

Er kam ohne Probleme in der Schule an, dachte aber die ganze Zeit voller Angst an den Heimweg.

Am Mittag mochte er nicht einmal das kleine Vesperbrot essen, das ihm seine Mutter mitgegeben hatte, und auch die Suppe, die es in der Schule gab, ließ er stehen.

Als die paar Unterrichtsstunden des Nachmittags beendet waren, machte sich der Junge auf den Weg nach Hause. Er rannte wie ein Wahnsinniger, fast genau in der Mitte der Hauptstraße, und fiel mehr als einmal der Länge nach hin, aber nichts konnte ihn aufhalten.

An der alten Schleuse stoppte ihn der Köter.

Er versuchte davonzurennen, aber das scheußliche Untier schnappte ihn an den Strümpfen.

Wieder einmal mußte er über den Graben springen und das Feld überqueren, um schließlich das verfluchte Wäldchen von Pralungo zu erreichen.

Als der Rohling zur gewohnten Stunde heimkam, fand er seine Frau völlig verstört.

«Er ist noch nicht da, und es ist schon dunkel.»

Der Rohling stieß ein Schimpfwort aus, nahm seinen schweren Mantel wieder vom Haken hinter der Tür und ging hinaus. Mit großen Schritten eilte er auf der Hauptstraße bis zum Dorf, ohne eine Menschenseele zu treffen. Schließlich stand er vor dem Schulhaus, aber es war schon geschlossen.

Da fiel ihm die Abkürzung ein, und fluchend ging er den Weg am Graben entlang. Er legte die ganze Strecke zurück, entdeckte aber niemanden. Offenbar war der Junge schon wieder zu Hause.

Doch zu Hause war nur Celestina.

«Hast du ihn gefunden?»

«Nein! Wer weiß, wo der verdammte Bengel sich herumtreibt. Ich habe den ganzen Weg am Graben entlang und die ganze Hauptstraße abgesucht.»

«Der Bub hat doch von der alten Schleuse gesprochen. Er sagte, der Hund sei dort aus dem Gebüsch hervorgesprungen und habe ihn gezwungen, wieder die Abkürzung zu nehmen.»

«Aber welche alte Schleuse? Welche Abkürzung?» schrie der Rohling. «Der ist doch einfach irgendwo hängengeblieben und spielt herum!»

Celestina schaute ihn mit ganz anderen Augen an als sonst.

«Ich hab' verstanden», sagte sie mit eisiger Stimme. «Wenn du Angst hast, so geh' eben ich.»

Sie warf sich ein breites Schaltuch über die Schultern und wollte zur Tür hinaus, doch der Rohling hielt sie an einer Schulter fest.

«Ich hab' vor nichts und niemandem Angst!» brüllte er. «Ich will mich bloß nicht von einem sechsjährigen Tölpel an der Nase herumführen lassen.»

«Gut», erwiderte Celestina. «Aber da dieser sechsjährige Tölpel mein Sohn ist, gehe ich ihn suchen.»

Mit der Faust schob der Rohling seine Frau von sich weg und stürmte hinaus.

An der alten Schleuse blieb er stehen und rief mit lauter Stimme: «Cino!» Als Antwort hörte er ein fernes Knurren. Da übersprang er den Graben und lief querfeldein. Und da war auch schon das Wäldchen von Pralungo. Der Rohling stand still und horchte. Das Schluchzen eines Kindes drang an sein Ohr.

Er ging weiter, und nach fünfzig Schritten hielt er wieder an: Cino kauerte weinend auf der Erde, und ein großer, häßlicher Hund bewachte das Kind.

«Hau ab!» schrie der Rohling.

Der Hund wich einen Schritt zurück und fletschte die Zähne.

Der Rohling las einen dicken Knüppel auf und ging auf das Tier los, das die Flucht ergriff, bis es außer Reichweite war. Dann kehrte es um und zeigte erneut die Zähne.

172

Cino hatte sich an den Knien des Vaters hochgezogen. Der Mann nahm ihn auf den Arm und wandte sich der Hauptstraße zu.

«Er kommt!» schrie das Kind gellend an einer bestimmten Stelle, da es über die Schulter des Vaters geschaut hatte.

Der Rohling drehte sich um und schwang drohend den Knüppel. Der Köter rannte in gestrecktem Galopp auf sie zu, wich dann jedoch in weitem Bogen aus und hielt etwas weiter vorn auf dem Weg, dort, wo der Waldweg über den Graben führt.

Der Rohling setzte den Jungen rittlings auf seine Schultern.

«Halt dich da oben fest!» sagte er. «So hab' ich beide Hände frei. Aber paß auf, daß du mir nicht die Augen verdeckst!»

Er fing wieder an zu laufen, und der Hund wurde immer angriffiger.

«Er will nicht, daß wir nach rechts gehen», ächzte das Kind. «Er macht dasselbe wie mit mir: er will, daß wir durch die Waldschneise gehen.»

Jetzt war der Köter nur noch etwa zwei Meter entfernt. Die Hände fest um den Knüppel, bewegte sich der Rohling vorsichtig vorwärts, und als der Hund in Reichweite war, holte er zu einem gewaltigen Hieb aus. Der Hund wich indes zur Seite und versuchte, seinen Feind von hinten anzugreifen. Doch der Rohling war stark und flink. Überraschend drehte er sich um und setzte zu einem neuen Hieb an.

Der Hund drehte und wendete sich, und auch der Rohling drehte und wendete sich, indem er mit dem Knüppel heftig um sich schlug.

Plötzlich stellte der Hund seine Angriffe ein und blieb stehen. Er blieb stehen, weil der Rohling am Ende des Weges angelangt war.

Mit dem Vater hatte der Hund jetzt das gleiche wie mit dem Sohn erreicht. Der Rohling mußte den langen Weg am Graben entlang gehen, und als er sein Haus erreichte, glühte das Kind vor Fieber.

Celestina brachte den Jungen ins Bett und kam dann herunter.

«Was jetzt?» fragte sie ihren Mann, der finster in die Flammen des Kaminfeuers starrte. «Was geschieht jetzt?»

«Es geschieht das, was geschehen muß», antwortete der Rohling mürrisch.

Don Camillo las eben in seiner Sammlung von alten Illustrierten, und als er sich plötzlich dem Rohling gegenübersah, blieb ihm vor Überraschung der Mund offen.

«Hab' schon kapiert», sagte er, als er die Fassung wiedergewann. «Mach keine Dummheiten. All mein Geld ist da in dieser Kassette.»

Der Rohling setzte sich und strich sich mit den Händen das Haar aus dem Gesicht.

«Was?» staunte Don Camillo. «Du bist nicht gekommen, um mich auszurauben? Was denn sonst könnte ein Kerl wie du von einem Priester wollen?»

Der Rohling hörte ihm gar nicht recht zu.

«Jeden Abend», erklärte er, «wenn mein Sohn aus der Schule kommt, paßt ihm ein bösartiger Hund ab und erschreckt ihn.»

«Du hast dich in der Adresse geirrt, Freundchen»,

belehrte ihn Don Camillo ruhig. «Die Polizeiwache und der Hundefänger befinden sich auf der anderen Seite der Piazza.»

«Ein verfluchter Hund, so groß und häßlich wie die Nacht», fuhr der Rohling unbeirrt fort. «Er springt plötzlich hervor und erschreckt meinen Sohn, zwingt ihn, über den Graben zu springen und den Pfad durch das Pralungowäldchen zu gehen. Bei der Abzweigung zum Fußweg am Graben bleibt der Hund stehen. Dann kann der Junge weiterlaufen und unbehelligt heimkehren.»

Don Camillo schüttelte den Kopf.

«Dein Sohn ist ja noch klein. Wie kommt es denn, daß er so unverständliches Zeug erzählt? Träumt er etwa?»

«Er träumt nicht. Es ist wahr. Vor einer Stunde ging ich hin, weil er sich verspätete. Der Hund war da, und ich mußte mich mit einem Stock verteidigen. Dann hat er's schließlich fertiggebracht, daß auch ich den Weg durch den Wald nehmen mußte. Warum passiert das alles? Wie kann er wissen, daß es mein Sohn ist?»

«Wer kann was wissen?»

«Der Hund. Der Hund des Bossini. Er weiß, daß ich damals seinen Meister umgebracht habe. Er hat mich gesehen und dabei beobachtet, wie ich ihn beim Pralungowäldchen vergraben habe. Aber wie in aller Welt hat er herausgefunden, daß dieses Kind mein Sohn ist? Warum verfolgt er ihn?»

Don Camillo wischte sich den Schweiß von der Stirn.

«Die Sünden der Väter fallen auf ihre unschuldigen Kinder», raunte er.

«Und das soll wohl gerecht sein?» wetterte der Rohling und sprang auf.

175

Don Camillo erhob sich ebenfalls und richtete den Zeigefinger gegen die Brust seines Besuchers.

«Du sprichst von Recht und Unrecht – aber was hast du bis jetzt in deinem Leben gemacht?»

«Nichts Rechtes», antwortete der Mann seufzend und schüttelte den Kopf. «Aber warum muß mein Sohn für mich bezahlen?»

«Der Frost kann dem Baumstamm nichts anhaben, da er eine harte und undurchlässige Rinde hat. Er erreicht nur den zarten Sproß», antwortete Don Camillo.

Der Rohling ballte die Fäuste.

«Das ist eine Schande!» brüllte er zornig. «Wenn es einen Gott gäbe ...»

«Es gibt einen», unterbrach ihn Don Camillo. «Und auch du wirst dir dessen jetzt bewußt.»

Mit gesenktem Kopf ging der Rohling von dannen.

«Bruder», rief ihm Don Camillo nach, «du weißt, wo ich zu Hause bin. Wenn du willst, werde ich dich lehren, wo die göttliche Barmherzigkeit zu finden ist. Amen.»

Wie ein Verrückter rannte der Rohling nach Hause, und kaum hatte er seine elende Hütte betreten, fragte er angsterfüllt seine Frau:

«Wie geht es ihm?»

«Still!» antwortete Celestina. «Er schläft jetzt ganz ruhig, und das Fieber ist weg!»

«Gott sei gelobt!» rief der Rohling.

Celestina schaute ihn verdutzt an, als habe ein anderer Mensch, den sie zum ersten Mal sah, zu ihr gesprochen.

Die blonde Deutsche

Milca wußte nicht, wie er beginnen sollte, aber dann gab er sich einen Ruck.

«Es geht um die Deutsche», sagte er. «Heute ist der sechsundzwanzigste, und übermorgen platzt sie uns ins Haus.»

Milca wirkte sehr besorgt, und Don Camillo gelang es nicht, dafür eine Erklärung zu finden.

«Seit neunzehnhundertsechsundvierzig platzt die Deutsche dir ins Haus, wie an jedem achtundzwanzigsten März. Laß sie ruhig auch dieses Jahr ins Haus platzen.»

Milca schüttelte den Kopf.

«Ihr könnt es nicht verstehen, weil Ihr nicht wißt, wie sich die Sache verhält», murmelte Milca.

Tatsächlich wußte Don Camillo nur, was alle im Dorf wußten. Es ging um eine Geschichte, die Ende September 1943 begonnen hatte, als eine deutsche Besatzung im Dorf lag. Zu der kleinen Schar gehörte auch Feldwebel Fritz, der sich um Verpflegung, Treibstoff, Einquartierung und dergleichen kümmerte.

Feldwebel Fritz hatte in Milcas Haus Quartier bezogen, in der «Torretta», einem Bauernhof, der nicht weit vom Dorf lag, zwischen der Landstraße und dem Fluß Stivone.

Milca war damals dreißig Jahre alt, aber sie hatten ihn wegen seines kranken Beines daheim gelassen, und vor allem auch, weil er der einzige rüstige Mann war, der das Anwesen bestellen konnte. Milcas Frau war eben nur eine Frau und oft bei schlechter Gesundheit, während sein noch nicht elfjähriger Sohn vor Gesundheit strotzte.

Das war Milcas ganze Familie, und in Kriegszeiten kann man die Höfe nicht unbestellt lassen, denn die Landwirtschaft ist ebensowichtig wie die Industrie, wenn nicht noch wichtiger.

Feldwebel Fritz war ein anständiger Kerl in den Dreißigern, und er tat seine Pflicht als Soldat, wie ein anderer seine Pflicht als Magaziner oder Buchhalter tut. Als guter Deutscher hatte er eine Schwäche für den italienischen Wein, und wenn er eins über den Durst getrunken hatte, zog er aus der Brieftasche die Fotografie einer schönen fünfundzwanzigjährigen Blondine und eines etwa zehnmonatigen blonden Jungen und fing an zu weinen.

Feldwebel Fritz fühlte sich in Milcas Haus äußerst wohl. Milca und seine Frau behandelten ihn wie einen Familienangehörigen, denn Feldwebel Fritz war nicht nur ein guter Kerl – er war auch für die Verpflegung verantwortlich und kam nie mit leeren Händen in die «Torretta».

Feldwebel Fritz blieb bei Milca bis zum 28. März 1945. Am Abend des 28. März 1945 kehrte er nicht nach Hause zurück, und am folgenden Morgen fischten sie ihn in der Nähe von Brugello aus den Wassern des Stivone.

Aber er war nicht ertrunken, sondern drei Kugeln einer P 38 hatten seinen Kopf zerfetzt. In jenen Tagen waren die Partisanen sehr aktiv, und Feldwebel Fritz war eben einer Partisanen-Patrouille in die Hände gefallen.

Der Krieg ging zu Ende, und am Tag des 28. März 1946 traf eine blonde Frau mit einem blonden Jungen in der «Torretta» ein. Die Frau konnte vier Worte Italienisch, Milca konnte vier Worte Deutsch, und so verstanden sie sich ausgezeichnet.

«Ich bin die Witwe des Feldwebels Fritz», erklärte die Frau, «und ich bin gekommen, um ein paar Blumen auf das Grab meines Mannes zu legen.»

Milca begleitete sie zum Friedhof, und die Frau legte ihren armseligen Strauß zu Füßen des groben Holzkreuzes, auf dem die Geschichte des Feldwebels Fritz geschrieben stand:

Fritz Hauser
3. 2. 1915   28. 3. 1945

Milca und seine Frau wünschten, daß die Frau und der Junge eine Woche bei ihnen wohnen sollten. Die Deutsche erzählte von der schrecklichen Lage, in der sich ihr Land befand, von den entsetzlichen Schwierigkeiten, die sie überwinden mußte, um von Deutschland aus in Milcas Dorf zu gelangen. Aber die meiste Zeit sprach sie nur von Fritz.

Und sie erzählte, daß Fritz ihr rührende Dinge über Milca und seine Familie geschrieben hatte, und machte deutlich, daß sie wohl gekommen war, um Blumen auf das Grab von Fritz zu legen, hauptsächlich aber, um bei Milca und seiner Frau eine Schuld abzutragen. Besser gesagt, um für all das zu danken, was sie für Fritz getan hatten.

«Um hierherzukommen», erklärte die Deutsche,

«mußte ich meinen wenigen Schmuck verkaufen, und
das war unser einziger Reichtum. Aber ich hoffe Arbeit
zu finden, damit ich sparen und auch nächstes Jahr
wiederkommen kann, um Blumen auf das Grab von
Fritz zu legen und euch Grüß Gott zu sagen.»

Sie hielt Wort, und im folgenden Jahr kam sie wieder.
Sie kam jedes Jahr wieder. Pünktlich erschien sie an
jedem 28. März mit ihrem Jungen in der «Torretta» und
blieb eine Woche dort.

Auch im Dorf kannten alle die blonde Deutsche und
ihre Geschichte. Alle grüßten sie freundlich, wenn sie
ihr begegneten, schon weil sie ein prachtvoll gebautes
Frauenzimmer war. Eine üppige Schönheit, wie sie in
der Bassa auffällt und gefällt, weil man dort weibliche
Rundungen sehr liebt.

Don Camillo schaute Milca ratlos an.

«Ich verstehe nicht, was es da besonderes zu verstehen
gibt», brummte er. «Sie ist eine Witwe, und ich kann
nichts dabei finden, wenn du sie für eine Woche beher-
bergst, denn du lebst ja nicht allein im Haus, sondern
mit deinem Sohn und dem Weibsbild von Polizisten, das
seine Frau ist. Und entschuldige, aber als die Deutsche
letztes Jahr kam, war deine Frau, Gott hab' sie selig,
schon gestorben. Was hat sich denn in diesem Jahr
geändert?»

Milca zögerte mit der Antwort. Dann sagte er schließlich bestimmt:

«Es ist jetzt einfach so, daß ich sie nicht mehr sehen
will.»

Don Camillo zuckte die Schultern.

«Milca, was geht das mich an? Warum erzählst du das

gerade mir? Wenn sie dir unsympathisch ist oder was weiß ich, so schreib ihr halt!»

Milca indes lag etwas auf dem Magen; das konnte man schon an der Art sehen, wie er ständig den Hut in seinen Händen drehte.

«Solange meine Frau noch lebte», murmelte er, «konnte ich mich mit ihr aussprechen. Aber wo kann ich jetzt meinen Kropf leeren? Hochwürden, wenn meine traurigen fünf Minuten über mich kommen, wem erzähle ich dann mein Leid?»

Nun war der Hahn geöffnet, doch Don Camillo machte keine Anstalten, ihm zu helfen.

«Hochwürden», erzählte Milca, «wie Ihr wißt, hab' ich damals mit den Leuten vom Widerstand zusammengearbeitet, und sie hatten mir einen Radiosender zur Weiterleitung von Nachrichten anvertraut. Den Apparat hatte ich im Schuppen unter einem Faß versteckt. Am Abend des achtundzwanzigsten März neunzehnhundertfünfundvierzig ertappte mich Fritz ...»

«Fritz hat dich ertappt?» unterbrach ihn Don Camillo verdutzt.

«Ja. Es war wie an allen anderen Abenden, an denen ich senden mußte. Nach dem Abendessen sagte ich: ‹Ich geh zu den Ronchinis Karten spielen!› Fritz antwortete wie üblich: ‹Viel Glück.› Ich ging hinaus, überquerte die Felder, und als ich dann bei der Buche angekommen war, wartete ich eine Viertelstunde und kehrte zum Hof zurück. Auf der Hinterseite des Schuppens gab es eine kleine Tür, die nur ich kannte. Ich betrat den Schuppen, holte den Sender heraus und begann meine Arbeit. Das hatte ich schon hundertmal ohne Zwischenfälle gemacht. An jenem Abend passierte das Schlimmste, das überhaupt passieren konnte. Fritz trat, die Hände an der Pistolentasche, ein und überraschte mich ...»

Milca unterbrach seine Erzählung und trocknete den Schweiß auf seiner Stirn.

«Das Licht ging an», fuhr er fort, «ich drehte mich um, und Fritz stand vor mir. ‹Verräter!› sagte er und griff nach dem Pistolenschaft. Ich hatte meine P 38 schußbereit und entsichert neben mir ... Ich schoß, bevor Fritz seine Pistole ganz herausziehen konnte ... Verdammter Krieg!»

Milca wischte sich noch einmal den Schweiß von der Stirn.

«Wenn er mich nicht ‹Verräter› genannt hätte, hätte ich vielleicht nicht geschossen ... ‹Verräter› klang für mich wie ein Todesurteil ... Es war inzwischen nacht geworden, und es regnete. Ich lud ihn auf die Schultern und trug ihn bis zum Ufer des Stivone. Dort warf ich ihn ins Wasser. Der Stivone führte Hochwasser und riß ihn drei Kilometer weit fort, wo er dann gefunden wurde. Niemand wußte davon, niemand hatte einen Verdacht. Nur meine Frau wußte es, und die ist gestorben.»

Don Camillo grübelte schweigend über die Geschichte nach, die er gehört hatte, und brummte dann:

«Milca, was soll ich dir sagen? Willst du, daß ich dir Komplimente mache, weil du ein verdienter Widerstandskämpfer bist? Oder soll ich dich verfluchen, weil du einen Menschen umgebracht hast? Du mußt selber mit deinem Gewissen ins reine kommen.»

«Eben deswegen bin ich hier bei Euch!» rief Milca aus. «Hochwürden, ich denke nicht an den Widerstand, nicht an die Anforderungen des Krieges und dergleichen. Auch wenn man mir einen Orden verliehe, würde ich bloß daran denken, daß ich Fritz getötet habe. Dieser Gedanke läßt mich nicht schlafen. Hochwürden, als ich zum erstenmal der Deutschen gegenüberstand, als ich zuhören mußte, wie sie mir dankte für alles, was ich für ihren Mann getan hatte, bin ich vor Scham und Ekel fast gestorben. Hochwürden, ich habe ihren Mann getötet, und sie kommt mich besuchen, um mir zu danken! Und das Kind, dessen Vater ich umgebracht habe, streichelt mich und nennt mich Onkel Milca! Nein, so kann es nicht weitergehen. Ich kann nicht einundfünfzig Wochen im Jahr in den Tag hineinleben und dann mit Schrecken auf die zweiundfünfzigste warten. Ich will diese Frau nicht mehr sehen. Ich will nicht herzkrank werden. Ihr könnt Euch nicht vorstellen, was ich in den zehn Jahren durchgestanden habe.»

«Ich kann es mir sehr wohl vorstellen», sagte Don Camillo, «und ich bin froh, daß du leidest, denn das beweist, daß du ein Gewissen hast.»

«Ja, ich habe ein Gewissen», schrie Milca erregt, «deswegen bin ich zu Euch gekommen ... Ich verlange keinen Trost. Ihr könnt mir erzählen, was Ihr wollt, aber ich weiß, daß ich Fritz umgebracht habe, und das sind die Tatsachen, die zählen. Ihr müßt mir mit der Deutschen helfen. Ich habe nicht den Mut dazu, aber Ihr werdet den Mut aufbringen und ihr alles erzählen.»

Don Camillo riß die Augen auf.

«Ich?»

«Ja, Ihr! Übermorgen wird sie eintreffen. Ihr werdet mit ihr reden und ihr die ganze Geschichte erzählen. Es ist ungerecht, daß sie mir für alles dankt, was ich für ihren Mann getan habe. Es ist ungerecht, daß sie mich als Freund betrachtet. Das ist gestohlene Freundschaft, ja geraubte Freundschaft! Sie muß erfahren, daß ich ihren Mann getötet habe, und sie muß es auch ihrem Sohn sagen. Dann wird sie nicht mehr kommen, und meine Qual wird ein Ende haben.»

Don Camillo war nicht einverstanden.

«Nein, Milca. Wenn du ein Mensch mit einem Gewissen bist, wenn du an deiner Tat so schwer trägst, darfst du dich deinem Leiden nicht entziehen. Reue allein genügt nicht, man muß die Schuld begleichen. Wenn es dir weh tut, diese Frau zu sehen, so danke Gott, der dir erlaubt, sie zu sehen. Und warum willst du dieser Frau weh tun? Genügt es dir nicht, daß du ihren Mann umgebracht hast?»

Milca riß die Arme in die Luft.

«Ich will ihr kein Leid antun.»

«Das tust du aber. Diese arme Frau vertraut dir. Sie betrachtet dich als einen ihrer Familie, und du willst ihr die letzte Illusion nehmen? Milca, oft hat jemand noch Vertrauen in die Menschheit, weil er zu *einem Menschen* Vertrauen hat. Wenn dich ihre Gegenwart schmerzt, um so besser für dich. Laß die Dinge so, wie sie sind. Ich werde für dich beten.»

Milca ging fort, und Don Camillo eilte in die Kirche, um für den armen Teufel zu beten. Aber es wurde ein seltsames Gebet.

«Jesus», sprach Don Camillo zu dem Christus auf dem Hochaltar, «in diesem schmutzigen Land gibt es Zehntausende von Leuten, die andere Zehntausende von Leuten umgebracht haben und dies nicht etwa bereuen, sondern sich dessen sogar noch rühmen. Sie wollen für diese Morde Orden, und sie wollen zum Lohn dafür Abgeordnete, Senatoren und Direktoren großer Unternehmen werden. Und sie wollen, daß man ihre Fotos in die Schulbücher druckt! Hier jedoch ist ein armer Kerl, der zwar getötet hat, aber seit zehn Jahren alle Qualen der Hölle durchleidet. Und wir können ihm nicht helfen! Wir können ihm keine Hand reichen. Wir können ihm nicht sagen: ‹Milca, als Fritz dich mit dem Sender ertappte, nannte er dich einen Verräter. Aber auch du hättest ihn einen Verräter nennen können, denn während du an all den Abenden in dem Schuppen für die Widerstandskämpfer tätig warst, war deine Frau mit dem Feldwebel Fritz für die Achsenmächte tätig – keine Spur von Widerstand! Nein, Herr, diese Dinge dürfen wir Milca nicht sagen, denn jene gute Seele, die seine Frau war, hat sie uns auf dem Totenbett anvertraut, und niemand darf das Beichtgeheimnis verraten. Herr, das mag alles in Ordnung sein, aber ist es auch gerecht?»

«Ja, Don Camillo», antwortete der Gekreuzigte. «Die Schuld der Frau kann die schwerwiegende Schuld des Mannes nicht verringern. Jeder muß für seine eigene Schuld bezahlen!»

Und so kam der 28. März, und mit ihm die Deutsche mit dem kleinen Deutschen. Sobald Don Camillo davon erfuhr, lief er zur «Torretta», und als Milca ihn auf den Hof zuschreiten sah, fühlte er sich erleichtert.

Es war ein schöner sonniger Tag, und während der kleine Deutsche auf dem Hof mit dem Hund spielte, warfen Don Camillo, Milca und die blonde Frau einen Blick auf die Felder, die gerade aus dem Winterschlaf erwachten.

«Sie sein sehr blaß», sagte plötzlich Don Camillo zu der Deutschen.

«Ich arbeiten in Fabrik, leben in großer Stadt mit viel Rauch», erklärte die Deutsche.

«Schlecht!» sagte Don Camillo ernst. «Und Sie jedes Jahr bringen große Opfer, um zu kommen hierher?»

«Kleines Opfer», antwortete die Deutsche lächelnd.

Don Camillo schüttelte den Kopf.

«Viel bequemer hier wohnen, in Nähe von Fritz. So auch Fritz zufrieden.»

Die blonde Frau schaute ihn verwundert an.

«Hier Ihnen nicht gefallen?» fragte Don Camillo.

«Mir sehr gut gefallen!» rief die Deutsche aus. «Italien wunderbar! Aber dort ich haben Heim und Arbeit.»

Don Camillo drehte sich um und zeigte auf Milcas hübsches Häuschen.

«Hier auch haben Haus, hier auch haben Arbeit!»

Don Camillo war für solches Getue nicht geschaffen, und er hatte es satt, mit Worten herumzuspielen, also ging er aufs Ganze.

«Sie ihn heiraten, er Sie heiraten und ich beide verheiraten, so alle zufrieden und gute Nacht!»

Die Deutsche war siebenunddreißig Jahre alt, aber sie konnte noch erröten, und sie tat es auch.

Milca war erst zweiundvierzig Jahre alt und konnte nicht mehr erröten, und so wurde er blaß.

Don Camillo, der in seinem Leben noch nie den Heiratsvermittler gespielt hatte, wurde sehr verlegen.

«Gut», brummte er. «Ihr nachdenken. Dann, wenn entschieden, kommen. Ich immer in Pfarrhaus. Guten Aben'!»

Mit diesen Worten ging er weg.

Offensichtlich dachten die beiden darüber nach. Auf

jeden Fall erschien Milca nach drei Tagen im Pfarrhaus und sagte:

«Also, Hochwürden, wie Ihr es wollt: wir heiraten.»

«Sagen wir es präziser: Ihr heiratet, weil Ihr es wollt.»

Milca seufzte.

«Hoffen wir, daß die Tatsache, sie immer in meiner Nähe zu haben, mein inneres Leiden nicht verschlimmert. Ihr wißt ja, die Gewissensbisse ...»

«Milca», unterbrach ihn Don Camillo, «bringen wir nicht alles durcheinander. Was Fritz angeht, ändern sich die Dinge nicht. Du hast ihm das Leben genommen und kannst es ihm nicht zurückgeben. Deine Schuld bleibt also bestehen. Und genauso bleibt der Zustand deines Gewissens. Was aber die Frau und den Jungen angeht, so liegen die Dinge ganz anders. Du hast ihr einen Gatten genommen und gibst ihr wieder einen, und du hast dem Jungen den Vater genommen und gibst ihm einen zurück. Bring bitte diese zwei verschiedenen Angelegenheiten nicht durcheinander.»

«Gott steh mir bei!» rief Milca aus.

«Das tut er ja bereits!» bestätigte Don Camillo.

Der lebende Leichnam

Es geschah an einem der rauhesten Tage jenes verfluchten Winters, und es war ein wichtiges Ereignis, doch niemand bemerkte es. Es konnte auch von niemandem bemerkt werden, denn die Dinge fügten sich in unglaublicher Weise zusammen.

Gianni Rosi war am Vormittag mit dem Auto aus dem Dorf abgereist. Man fuhr schlecht, wegen des Schnees, aber man fuhr.

In der Stadt angekommen, hatte er den Mann, mit dem er verabredet war, um das Weizengeschäft abzuschließen, nicht angetroffen. Das Bürofräulein erklärte, der Großhändler sei etwa fünfzig Kilometer vor der Stadt mit dem Auto steckengeblieben. Er habe aber telefoniert, daß er sehr spät eintreffen werde.

Da er nun schon in der Stadt war, dachte Gianni, lohne es sich nicht, eine solche Fahrt einfach zu verschwenden, um dann mit leeren Händen ins Dorf zurückzukehren. Gianni wartete also.

Ab und zu telefonierte er dem Bürofräulein, um zu erfahren, wie die Dinge standen. Und endlich, gegen fünf Uhr nachmittags, gab ihm das Fräulein die erfreuliche Nachricht, der Mann sei angekommen.

Um Viertel vor sechs war das Geschäft endlich abgeschlossen, und der Großhändler zog aus der Brieftasche ein Päckchen mit fünfzig Scheinen von je zehntausend Lire.

«Tut mir leid», entschuldigte er sich, «aber ich hatte keine Zeit mehr, einen Scheck auszustellen.»

«Macht nichts», antwortete Gianni lachend, «Geld steht nie im Weg. Und übrigens, hier zwischen Leibchen und Hemd versorgt, werden mich die Scheine vor der Kälte schützen.»

Gut gelaunt verließ er das Büro, aber sobald er auf die Straße trat, verging ihm die gute Laune, und es war ein wahres Wunder, daß er sich beim Fallen nicht den Schädel zerschmetterte.

Mühsam stand er wieder auf und lief ins Büro zurück.

«Die ganze Straße ist vereist», erklärte er dem Großhändler, «man kann ja nicht einmal mehr stehen. Ich habe keine Ketten am Wagen und möchte nicht ins Dorf zurückkehren. Ich gehe telefonieren.»

Er telefonierte aus dem Café unter den Lauben.

«Sagt bitte meinem Vater, daß ich erst in diesem Augenblick das Geschäft abgeschlossen habe und daß ich keine Lust habe, mich jetzt auf den Weg zu machen. Sie sollen sich nicht sorgen. Ich werde morgen früh eintreffen, entweder mit dem Auto oder mit dem Zug, falls die Straßen immer noch so unbefahrbar sind wie jetzt.»

Es war sechs Uhr, noch zu früh für ein Nachtessen.

«Wie soll ich zwei Stunden totschlagen?» fragte er sich. «Indem ich Trimmübungen auf den verlassenen Straßen mache, und dazu noch bei Nordwind?»

Als er dann in nächster Nähe die Lichtreklame eines Kinos entdeckte, trat Gianni ein, ohne auch nur zu schauen, welchen Film man spielte.

Um sechs Uhr abends ist für die Kinos eine tote Zeit, und daher können sich die Kartenverkäuferinnen schon mal ein paar scherzhafte Worte von einem jungen Mann anhören. Gianni war ein Schäker und wußte, wie man mit Mädchen umging. Er entfernte sich vom Billettschalter erst, als das Mädchen flüsterte: «Der Direktor!»

Sobald er im dunklen Saal saß, tat es dem jungen Mann leid, nicht vorher das Plakat angeschaut zu haben. Er hatte nämlich diesen Film schon eine Woche vorher gesehen, als er seinen Vater auf den Markt von M. begleitet hatte. Gleichzeitig überlegte er, daß er die zwei Stunden besser verbracht hätte, wenn er sich in ein gewisses Café an der Piazza gesetzt hätte, wo eine ihm bekannte Kassiererin arbeitete.

Er nützte den Umstand aus, daß er noch den Mantel anhatte, und verließ den Kinosaal.

Das Foyer, das auf den Vorplatz hinausging, war halbdunkel und leer; der diensttuende Platzanweiser war sich offenbar wärmen gegangen. Und tatsächlich: Als Gianni an dem nahen Gasthaus vorbeikam, sah er das Männchen an der Theke ein Glas Wein kippen.

«Auch eine Art, seinen Dienst zu versehen», brummte der junge Mann vor sich hin. «Wenn man wollte, könnte jetzt ein ganzes Regiment gratis ins Kino gehen.»

Als er um die Ecke bog, prallte er gegen jemanden, der von der anderen Seite kam, und fast wären beide auf dem Boden gelandet.

Der junge Mann stieß einen Fluch aus, doch der Unbekannte gab sich sofort zu erkennen.

«Gianni, behandelt man so seine Freunde?»

Es war Oscar Biocci, und alles endete in einem herzlichen Gelächter.

«Was machst du hier um diese Zeit?» fragte Gianni.

«Vom Eis blockiert, und du?»

«Dasselbe in Grün», antwortete Gianni.

«Ich habe die Meinigen benachrichtigt, daß ich erst morgen heimkomme.»

«Ich auch. Und was hast du vor?»

«Gar nichts hab' ich vor. Ich warte, bis es Zeit zum Nachtessen ist, und dann geh ich ins Bett.»

«Hast du schon in irgendeinem Hotel ein Zimmer bestellt?»

«Nein», antwortete Gianni, «doch deswegen mach' ich mir keine Sorgen. Ich glaube nicht, daß bei dieser sibirischen Kälte viele Fremde da sind.»

«Ausgezeichnet!» rief Oscar aus. «Dann ist alles klar. Du kannst ebenfalls bei meiner Tante essen und schlafen.»

Gianni machte Einwände. Er wolle niemanden stören, und so weiter, aber Oscar schnitt ihm das Wort ab.

«Meine Tante lebt allein in einem Häuschen am Stadtrand, und wenn sie jemanden beherbergen kann, ist das für sie ein Fest. Übrigens kennst du sie gut. Es ist Maria, die ältere Schwester meiner Mutter, die den Apotheker von Torricella geheiratet hat. Ich habe bei ihr zu Mittag gegessen und war gerade im Begriff, zu ihr zum Abendessen zu gehen. Nach dem Essen können wir tun, was uns Spaß macht. Ich habe den Hausschlüssel. Wenn du nicht mitkommst, bin ich beleidigt.»

Sie machten sich auf den Weg in Richtung der dunklen Vorstadt und begegneten keiner lebenden Seele.

Zur eisigen Kälte hatte sich noch etwas Nebel gesellt, und der Fußmarsch wurde ein richtiges Abenteuer. Trotzdem fanden sie das Häuschen, das einsam dastand und ringsum von einem hohen Eisengitter umgeben war.

Sie traten ein. Oscar war erstaunt, daß kein Licht brannte.

Doch der Tisch war für zwei gedeckt, und mitten auf dem Tisch lag eine Nachricht: *«Francesca ist schwer krank. Man hat mir telefoniert, daß es dringend ist. Ich muß sofort aufbrechen, sonst erreiche ich den Anschluß an das Postauto nicht mehr, das um sieben Uhr vierzig fährt. Was das Essen betrifft, bediene Dich mit allem, was in der Vorratskammer ist.»*

Oscar tat einen Freudensprung.

«Um so besser, dann sind wir die Herren im Haus.»

In der Vorratskammer fanden sie Kalbsbraten, Salami, Käse und Rotwein. Sie assen, bis sie fast platzten, und gossen manches Glas Wein hinter die Binde.

Dann machten sie sich zwei gute Tassen Kaffee, und als sie noch eine Flasche alten Cognac fanden, gingen sie damit bewaffnet in die Stube.

Das Haus der alten Tante war gastlich und gut geheizt.

«Gianni», sagte Oscar, «wenn du ausgehen willst, dann geh. Ich tue keinen Schritt mehr, und wenn ein Erdbeben kommt.»

«Ich geh auch nicht mehr weg», antwortete Gianni. «Zudem hab' ich das Weizengeld in der Tasche, und ich will nicht, daß mir jemand einen bösen Streich spielt.»

«Und ich hab' das Geld vom Käse», sagte Oscar. «Es ist mir gelungen, ein prima Geschäft abzuschließen. Ich habe sieben Stück verkauft. Mein Vater kann zufrieden sein.»

«Ein guter Handel», stimmte Gianni zu, «aber nicht so gut wie der, den ich mit dem Weizen gemacht habe.»

Sie diskutierten eine Weile über Märkte und

Geschäfte, tranken ein paar Gläschen Cognac. Dann fingen sie an zu gähnen.

«Wenn's nicht erst sieben Uhr wäre, würde ich schlafen gehen», brummte Oscar.

«Um sieben Uhr kann man nicht schlafen gehen», bemerkte Gianni. «Spielkarten müßte man haben.»

Zuerst war der Einsatz sehr niedrig und hatte nur den Zweck, das Spiel interessanter zu gestalten. Dann erhöhten sie den Einsatz immer mehr.

Plötzlich bemerkte Gianni, daß er all sein Kleingeld verloren hatte. Er fuhr mit der Hand zwischen Hemd und Leibchen und zog eine große Zehntausend-Lire-Note heraus.

Das war eine sehr schlechte Idee. Als er die zehnte Note zu Oscars Gewinn hinübergleiten sah, kippte Gianni ein Glas Cognac, nahm das Päckchen mit den übrigen vierzig Noten heraus und legte es auf den Tisch.

«Ich werde weiterspielen, will jedoch etwas sehen», sagte er.

Oscar zog aus seiner Tasche ein Bündel großer Zehntausend-Lire-Noten.

«Es sind zweiundfünfzig», erklärte er.

«Bestens.»

Das Spiel wurde immer erbitterter, und Gianni wurde immer schamloser vom Pech verfolgt.

Und je mehr große Noten auf die andere Seite des Tisches wanderten, desto klarer entwickelten sich in Giannis Hirn Überlegungen von erschreckender Logik: *Wenn ich ohne Geld nach Hause komme, schlägt mich mein Vater tot. Das ist sicher.*

Mein Vater erwartet mich nicht, weil er weiß, daß ich erst morgen früh eintreffe. Auch Cino, der Barmann, weiß, daß ich erst morgen früh zurückkehre. Alles ist in Ordnung, wenn ich heute abend nicht zurückkomme.

Der Großhändler weiß, daß ich um sechs Uhr noch in seinem Büro war. Das Mädchen am Billettschalter weiß, daß ich um sechs Uhr fünf das Kino betreten habe.

Niemand hat mich aus dem Kino gehen sehen.

Wenn man mich fragt, welchen Film ich angeschaut habe, weiß ich das ganz genau.

Niemand hat uns auf dem Vorplatz gesehen, als ich Oscar traf.

Niemand hat uns hier ankommen sehen. Es ist erst sieben Uhr fünfundvierzig. Ich kann sehr gut zweimal den gleichen Film angeschaut haben und erst um halb neun aus dem Kino gekommen sein. An einem solchen Abend sind zweieinhalb Stunden Kino normal. Um halb neun treffe ich auf der Piazza ein. Wenn jemand aus dem Kino kommt, finde ich einen Weg, mich bemerkbar zu machen, indem ich mich erkundige, ob es in der Nähe ein gutes Restaurant mit Logis gibt.

Dann esse ich noch einmal und gehe ins Bett.

Der Notenhaufen vor ihm wurde immer kleiner, und die Überlegungen von Gianni wurden immer perfekter.

Ich wasche meinen Teller, mein Besteck und mein Glas. Wie wenn Oscar allein im Hause gewesen wäre. Ich reinige die Karten und versorge sie, wo sie waren.

Niemand auf der Welt kann annehmen, daß ich mit Oscar hier gewesen bin. Ich nehme mein Geld wieder und verstecke seines in der Tasche seines Mantels. Noch besser, ich werfe seinen Mantel auf die Truhe und das Päckchen Geld auf den Boden, in eine Ecke, als ob es aus der Tasche gefallen wäre. Jemand hat ihn umgebracht, um ihm das Geld abzunehmen, und hat dann kein Geld bei ihm gefunden.

Alles ist vereist, da gibt es keine Fußabdrücke.

Giannis Notenpaket war zu Ende. Es blieb ihm noch eine Zehntausendernote. Gianni schob sie in die Mitte des Tisches.

Sette e mezzo ist das dümmste Spiel der Welt, aber es geht schnell, wenn man Geld verlieren oder gewinnen will.

Oscar legte eine Karte vor Gianni hin, und Gianni schielte sie an.

«Karte», sagte Gianni.

Er nahm mit der Linken die neue Karte, während er mit der Rechten die Pistole in der Jackentasche umklammerte.

Wenn ich verliere, schieße ich, dachte Gianni ganz ruhig.

Er deckte langsam die Karte auf, die er bekommen hatte: es war eine Sieben.

Gianni legte den Finger an den Abzug. Er wollte den Schuß nach Gangsterart abfeuern, aus der Tasche, unter dem Tisch. Er spürte, wie der Schweiß auf seine Stirne trat, und instinktiv zog er das Taschentuch aus dem Jackentäschchen, um sich den Schweiß abzuwischen.

Mit dem Taschentuch kamen einige Noten – das Geld, das man ihm im Kino herausgegeben hatte, denn er hatte mit einem Zehntausender bezahlt.

«Gehen die auch, oder behältst du sie für die Rückfahrt?» fragte Oscar grinsend, der seine Karte, eine Sieben, aufgedeckt hatte.

Giannis Hand löste sich von der Pistole und kam aus der Tasche.

«Natürlich gehen die auch», murmelte er, indem er seine zwei Karten zur Seite schob und die restlichen Banknoten in die Mitte des Tisches legte.

Wenn es jetzt schiefläuft, schieße ich, dachte er, während Oscar die Karten verteilte.

Es lief nicht schief. Und auch das nächste Spiel lief nicht schief. Für Gianni war die Pechsträhne vorbei, denn sein Notenhaufen wurde immer größer, so daß er sich plötzlich zu sagen bemüßigt fühlte:

«Oscar, wollen wir einen Blick darauf werfen? Wenn jeder das seine wieder hat, würde ich sagen, daß wir aufhören.»

Sie zählten das Geld, und es zeigte sich, daß Gianni nicht nur sein Geld samt seinem Kleingeld zurückgewonnen hatte, sondern auch noch dreißigtausend Lire von Oscar dazu.

«Wir spielen so lange, bis wir beide das unsere wieder haben, dann hören wir auf», sagte Oscar.

Wie die Dinge standen, wäre es besser gewesen, sie hätten aufgehört, denn das Pech war jetzt entschieden auf Oscars Seite, und nach kurzer Zeit blieb von seinem Notenhaufen nur noch eine einzige Note übrig.

Oscar schob sie in die Mitte des Tisches, und als er seine Karte bekam, schielte er sie an und sagte:

«Ich gehe mit.»

«Ich auch», antwortete Gianni ruhig, obwohl er nur eine Sechs hatte.

Gianni deckte seine Sechs auf, und Oscar stieß einen tiefen Seufzer aus.

«Sieben», keuchte er und deckte seine Karte auf.

Das Glück ist ein verfluchtes Miststück. Sofort schlug es sich mit allen Chancen auf Oscars Seite, der sich diesmal über die gewonnenen Beträge auf dem Laufenden hielt und schließlich ausrief:

«Jetzt habe ich das meinige genau wieder. Zähl du nach.»

Gianni zählte sein Geld. «Ich auch», sagte er.

«Ich gebe auf», sagte Oscar.

«Einverstanden», sagte Gianni, der es fast nicht mehr aushielt.

Sie tranken noch ein Glas Cognac und gingen schlafen.

Am anderen Tag fuhren sie nach Hause zurück, jeder in seinem Auto, und beide kamen mit wenigen Sekunden Unterschied wohlbehalten an.

Sie feierten das Ereignis im Café unter den Lauben und sagten beim Abschied:

«Wir haben einen wirklich schönen Abend verbracht.»

Das geschah an einem der rauhesten Tage jenes schrecklichen Winters, und es war ein wichtiges Ereignis, aber niemand hat davon je erfahren.

Es verstrich viel Zeit, als Don Camillo eines Abends Gianni Rosi vor sich sah.

«Hast du irgendeine Herzogin gefunden, die dich heiratet?»

Gianni tat besorgt: «Hochwürden, gefunden habe ich nichts. Aber ich habe meinen Frieden verloren.»

«Und was hast du getan, um deinen Frieden zu verlieren?»

«Ich habe einen Mann umgebracht.»

Don Camillo zog sein großes Taschentuch hervor und trocknete sich das Gesicht.

«Wann hast du ihn umgebracht?»

«Vor drei Monaten.»

«Und wen hast du umgebracht?»

«Oscar Biocci.»

Don Camillo breitete die Arme aus.

«Wenn du vor drei Monaten Oscar Biocci umgebracht hast, ist das nicht schlimm, denn Oscar Biocci lebt immer noch.»

«Das tut nichts zur Sache, daß er noch lebt», erwiderte Gianni, «ich habe ihn umgebracht.»

Don Camillo schloß die Tür und setzte sich neben den jungen Mann.

«Sprich langsam und ganz ruhig.»

Gianni Rosi erzählte haargenau, was an jenem außergewöhnlichen Abend geschehen war, und schloß:

«Hätte der Zufall nicht jenes Geld aus dem Täschchen herausspringen lassen, hätte ich geschossen.»

«Zufall oder nicht Zufall, du hast nicht geschossen.»

«Das hat nichts zu sagen», sagte Gianni. «Es ist, als ob ich geschossen hätte. Nur ich allein weiß, was ich in jenem Augenblick dachte. Und deshalb hab ich meinen Frieden verloren. Und ich will meinen Frieden wiederfinden.»

Don Camillo hob die Schultern.

«Das ist nicht schwierig, mein Sohn. Du hast nicht geschossen, aber es ist, als ob du geschossen hättest. Nimm an, du wärst im Zuchthaus, auch wenn du nicht im Zuchthaus bist.»

«Das ist schlimmer als das Zuchthaus, Hochwürden», klagte Gianni, «viel schlimmer, als wenn ich wirklich im Zuchthaus wäre.»

«Wenn es schlimmer ist, um so besser. Leide, was du

zu leiden hast, und wenn dir dein Gewissen dann sagt, daß du genug gelitten hast, wirst du befreit sein. Ich kann für dich nur beten, daß Gott dir alles Leid gibt, das dir zukommt. Klage nicht über dein Leid, sondern sei Gott dankbar dafür. Es ist das schönste Geschenk, das die göttliche Vorsehung dir machen kann.»

«Darf ich», stammelte der junge Mann, «darf ich also hoffen?»

Gianni ging weg, und Don Camillo erinnerte sich, daß ihm Oscar Biocci vor einer Woche fast dieselbe Geschichte erzählt hatte wie jetzt Gianni. Er hob die Augen zum Himmel und murmelte:

«Jesus, hilf dieser unbarmherzigen Jugend, daß sie den Weg der Barmherzigkeit findet.»

Weihnachten 1950

Genau vor Weihnachten war so viel Schnee gefallen, daß man bis zu den Waden drin steckenblieb, und es schneite unaufhörlich weiter. Don Camillo hatte die Krippenfiguren hervorgeholt, um sie auszubessern, und so war er um Mitternacht des 22. Dezember noch damit beschäftigt, mit einem Pinselchen die Farben der Gesichter, der Mäntel und die Vergoldungen aufzufrischen, wobei ihm die Katze Gesellschaft leistete.

Es war eine junge Katze, die mit allen kleinen Gegenständen spielte, die ihr zwischen die Pfoten kamen, und als Don Camillo unter den Tisch schaute, entdeckte er plötzlich, daß die Katze mit der Figur des Jesuskindes spielte.

Don Camillo brüllte sie an, und die Katze machte sich aus dem Staub, hielt aber weiter das Christkind in ihrem Maul. Don Camillo rannte ihr nach und warf ihr einen Pantoffel hinterher, damit sie ihre Beute losließ.

Don Camillo hatte die Figur des Christkindes bis zuletzt liegen lassen, um dann länger daran arbeiten zu können. Er zog die Lampe herunter, und nachdem er noch ein wenig mit der Katze geschimpft hatte, fing er mit aller Sorgfalt zu malen an.

Auf einmal glitt das Jesuskind aus seiner Hand und fiel auf den Boden. Als Don Camillo sich bückte, um die Figur aufzuheben, sah er, daß die verwünschte Katze die Figur schon wieder zwischen die Zähne genommen hatte.

Don Camillo schaute genauer hin und bemerkte etwas Sonderbares: Es war eine andere, viel größere Katze mit zwei Augen, die ihn seltsam anblickten. Seine Hauskatze war grau, die hier aber war schwarz. Woher kam bloß die fremde Katze?

«Gib her!» rief Don Camillo, und die Katze machte einen Satz zur Tür, ließ aber die Figur nicht los.

Don Camillo lief hinter ihr her. Die schwarze Katze rannte in den Hausgang, und da die Tür einen Spalt weit offen stand, huschte sie blitzschnell mit gesenktem Schwanz hinaus. Und da stand sie auf dem Kirchplatz, tiefschwarz im leuchtendweißen Schnee.

«Verfluchtes Vieh!» schrie Don Camillo und stand ebenfalls schon vor der Tür.

Mit dem Christkind zwischen den Zähnen rannte die schwarze Katze davon. Sie nahm den Weg über die Felder, und heftig schnaufend folgte ihr Don Camillo. Er hatte große Mühe, denn der Schnee war frisch gefallen und er sank bis zur halben Wadenhöhe ein, während die schwarze Katze wie eine Feder über den Schnee flog. Aber immer wieder hielt sie an, drehte den Kopf nach hinten und wartete, bis Don Camillo nur noch etwa zehn Meter entfernt war. Dann rannte sie erneut los.

Und so geschah es, daß die schwarze Katze bei jedem Halt größer wurde, und entsprechend wurde auch die Holzfigur des Jesuskindes immer größer.

Als das schwarze Biest die Größe eines Büffels erreicht hatte, war auch die Figur so groß wie ein richtiges Kind – ein lebendiges Christkind, das zwischen den Zähnen eines schwarzen Ungeheuers blutete und weinte. Don Camillo stieß einen Schrei des Entsetzens aus – und saß wieder an seinem Tisch, mit der Figur des

Christkindes in der einen Hand und dem Pinsel in der anderen.

Die Katze, die gewohnte graue Hauskatze, schnurrte friedlich unter dem Kamin. Es ging schon auf vier Uhr morgens zu, und die Flocken fielen noch immer.

Don Camillo erhob sich, um noch einen Blick in die Kirche zu werfen.

«Jesus», sagte Don Camillo und kniete vor dem Gekreuzigten am Hochaltar, «ich hatte einen seltsamen Traum.» Er erzählte den Traum von der schwarzen Katze, die sich in ein Ungeheuer verwandelte, und von der kleinen Holzfigur, die ein richtiges Christkind wurde, das zwischen den Zähnen des Untiers blutete und wimmerte.

«Jesus», schloß Don Camillo, «der Traum hat mich verwirrt.»

Christus lächelte.

«Nicht der Traum hat dich verwirrt, Don Camillo. Was dich verwirrt hat, ist der Gedanke, der den Traum verursacht hat. Ein Gedanke, den du mit dir herumträgst und der das Ergebnis einer vernünftigen Überlegung ist. Mit einer Art Lehrfabel hast du dir im Traum den Inhalt deiner Gedanken erklärt.»

«Jesus», rief Don Camillo aus, «ich verstehe diesen Traum als eine Vorahnung, als eine übernatürliche Warnung.»

«Es ist keine Vorahnung, Don Camillo. Und es ist auch keine Warnung, keine Stimme von draußen. Es ist die Stimme eines vernünftigen Gedankenganges, die Stimme deiner Angst.»

«Jesus, ich habe keine Angst.»

«Doch, Don Camillo, du hast Angst, nicht um dich,

202

sondern um mich. Du hast Angst, daß die Menschen Gott ein Leid antun könnten. Sieh: Man kann die Sonne verleugnen, man kann den verfolgen, der die Existenz der Sonne bejaht. Man kann Wege finden, daß niemand mehr die Sonne sieht, indem man allen Geschöpfen die Augen aussticht. Aber das Sonnenlicht kann man dennoch nicht verdunkeln oder auslöschen. Die Menschen können nur sich selbst schaden. Gott können sie nicht schaden. Ich tadle dich nicht wegen deiner Angst, denn sie kommt nur aus der großen Liebe, die du mir entgegenbringst.»

Don Camillo legte sich schlafen und wurde von alten Weiblein geweckt, die in die Frühmesse wollten und die Kirchentür verschlossen fanden.

Don Camillo tauchte sein Gesicht in ein Waschbecken voll kaltem Wasser und rannte im Laufschritt in die Kirche.

«Tut mir leid, ich hab' mich verspätet», erklärte er den Frauen und Männern, die sich vor der Tür des Pfarrhauses versammelt hatten. «Ich verstehe nicht, wie mir das passieren konnte. Der Glöckner kam gestern abend nicht zurück, weil er in der Stadt vom Schnee blockiert wurde.»

Die graue Katze strich an seinem Bein entlang, und Don Camillo schauderte. Er trat auf die Kirche zu, aber im gleichen Augenblick hörte man ein Krachen.

«Das Kirchendach stürzt zusammen!»

Der Dachfirst stand nicht mehr waagrecht, sein hinterer Teil hatte sich um einen halben Meter gesenkt. Da muß ein Balken nachgegeben haben, sagte jemand. Bigio, der Baumeister war, trat vor, schaute sich die Sache an und schüttelte den Kopf.

«Nichts ist zusammengekracht», sagte er. «Der große Längsbalken am Dachfirst stützt sich vorn auf den höchsten Punkt an der Vorderseite der Kirche und hinten auf den Dachstuhl. Das Gewicht des Schnees hat die Sparren aus ihren beidseitigen Widerlagern gedrückt. Jetzt liegen die Sparren über dem Längsbalken und haben sich so tief gesenkt, wie der Längsbalken nach unten gerutscht ist. Solange die Sparren nicht auseinanderbrechen, besteht keine Gefahr.»

Es war eine komplizierte Erklärung für eine einfache Sache. Doch da krachte es schon wieder, und der Dachfirst stürzte ein.

«Der Längsbalken ist gebrochen», sagte Brusco. «Jetzt verlagert sich alles Gewicht auf die Decke. Wenn heute morgen bei der Messe die Decke nachgibt, stürzt das ganze Dach herunter.»

Don Camillo schaute völlig fassungslos. Er dachte an den Altar, an den Tabernakel, an den gekreuzigten Christus.

«Macht keine Dummheiten», riefen sie ihm zu, aber schon hatte er die Kirchentür geöffnet und war eingetreten. Da hörte er eine befehlende Stimme:

«Halt, Don Camillo!»

Don Camillo hielt einen Augenblick auf der Türschwelle. Gerade in dem Augenblick brach das ganze Dach zusammen, und das Kirchenschiff füllte sich mit Backsteinen, mit Balken, Dachziegeln und mit Schnee.

Zwischen sich und dem Altar sah Don Camillo einen Berg von Trümmern, die der Schnee wie Zement zusammenhielt, aber der Altar war unversehrt, denn die Kuppel war nicht eingestürzt. Er blickte nach oben und sah, wie aus einem großen rechteckigen Stück Himmel der

204

Schnee herabfiel, von dort, wo vorher das Dach seiner Kirche gewesen war.

Don Camillo dachte an die schwarze Katze und verstand nicht, was die schwarze Katze mit dem Schnee zu tun hatte, der das Dach einstürzen ließ.

Das ganze Dorf eilte herbei, um sich die Ruine anzusehen. Auch Don Camillo schien wie eine Ruine, denn nach einer Stunde stand er noch immer regungslos da und starrte auf den Trümmerhaufen. Eine dicke Flokkenschicht bedeckte Kopf und Schultern, und es war schwer zu sagen, ob sein Gesicht naß vom Schnee oder von Tränen war.

Auf einmal stürzte er sich mit einem Satz auf die Trümmer, packte einen großen Balken und zerrte so lange, bis er ihn aus dem Wirrwarr befreit hatte.

Die Leute kamen näher.

«Es ist der Längsbalken vom Dachfirst», sagte Bigio, «oder genauer ein halber Balken.»

Dann schwieg er bestürzt. Auch ein Einäugiger hätte bemerkt, daß der Balken in der Mitte durchgesägt worden war. Die Schnittstelle war noch ganz frisch. Der Balken war allerdings nicht ganz durchgesägt worden, nur zu drei Vierteln. Das letzte Viertel war geborsten.

Don Camillo dachte wieder an die schwarze Katze und fühlte, daß seine Augen auf etwas blickten, das man noch gar nicht sehen konnte.

Da entdeckte er im Schneegemisch unter den Trümmern eine Säge. Sofort stürzten sich alle auf den Haufen und begannen die Trümmer wegzuräumen. Nach einer Stunde wütender Arbeit fanden sie einen Mann, dessen Blut den Schnee rot gefärbt hatte.

Der Mann lag mit dem Gesicht nach unten, mausetot,

205

und sein Gesicht steckte im Schnee. Keiner hatte den Mut, ihn umzudrehen und zu sehen, wer es war, denn alle fürchteten, ihn zu kennen.

Der Gemeindepolizist drehte ihn dann um.

Sie zogen auch das andere Stück des Balkens heraus und schauten sich die Schnittstelle an. Der Mann hatte den Längsbalken zu drei Vierteln durchsägen wollen, um dann zu verschwinden. Das Gewicht des Schnees hätte das Übrige getan. Nur hatte er nicht bemerkt, daß der Balken, genau unter dem Schnitt, bereits einen Riß hatte, und so stürzte alles ein, bevor der Mann sich retten konnte. Wahrscheinlich sollte es eine Weihnachtsüberraschung sein.

Der Polizist sagte nicht, wer der Mensch war, der zusammen mit dem Dach herabstürzte.

«Es ist ein Fremder, einer von denen, die für den Frieden arbeiten», sagte er knapp.

Am Abend dieses 23. Dezembers fiel dem fassungslosen Don Camillo plötzlich ein, daß ja morgen Heiliger Abend war: «Wo zelebriere ich jetzt die Mitternachtsmesse?»

Der Heilige Abend kam, und die Leute sperrten sich alle in ihren Häusern ein, denn Angst heulte aus den Trümmern der im Dunkel begrabenen Kirche.

Das Dorf schien wie mitten im Krieg. Es schien, als führten die Menschen Krieg gegen ihren Gott, während die scheußliche schwarze Katze über die verlassenen Felder galoppierte und die Figur des Jesuskindes in den Zähnen hielt.

Eine schreckliche Stille senkte sich über das Dorf. Es war eine wunderbar klare Nacht, und reiner weißer Schnee bedeckte die dunkle Erde. Wer hätte da die kristallene Klarheit dieser Stille zu unterbrechen gewagt?

Doch plötzlich hörte man die Kirchenglocken, und wenig später erschien am Ende der langen Straße, die von Häusern umsäumt war, ein ungewöhnliches Licht.

Auf einem mit Damastseide bespannten und von acht Paar weißen Ochsen gezogenen Wagen stand der Altar, überragt von dem großen gekreuzigten Christus. Und vor diesem Altar las Don Camillo die Messe.

Auf beiden Seiten des Wagens und dahinter schritten Gruppen von Sängern, Männern und Frauen, die brennende Fackeln trugen.

Die Leute schauten aus den Fenstern, kamen aus den Häusern und folgten einer nach dem andern dem Wagen. Er fuhr langsam durch die lange Hauptstraße, spurte dann in die Nebenstraßen ein, und aus jedem Haus traten die Leute und schlossen sich den anderen an. Dann kehrten sie zum überfüllten Dorfplatz zurück, wo die Wandlung stattfand.

«Brüder!» rief Don Camillo, «die friedliche Armee Christi, rings um seinen Wagen geschart, hat heute abend die Schlacht gegen die Angst gewonnen. Das Haus Gottes ist das grenzenlose Universum, ist der unendliche gestirnte Himmel, und niemand wird es je zum Einsturz bringen können. Denkt nicht an die Decke eurer Kirche, sondern blickt auf den ewigen, unendlichen Himmel und singt freudig das Lob des Herrn.»

Dies und noch vieles mehr sagte Don Camillo, und die Fröhlichkeit kehrte in die Herzen zurück.

Die Leute begleiteten den Wagen bis vor die Kirche. Hier rief jemand, man müsse daran denken, alles sofort wieder aufzubauen, und legte Geld auf das Wagenbord.

Alle drängten am Wagen vorbei und legten ihre Gaben dazu. Don Camillo war vom Wagen gestiegen und schaute lächelnd auf die spendende Menschenreihe. Fast am Ende der Schlange stand ein Dreikäsehoch. Er war noch zu klein, um mit seinen Händen bis zum Wagenboden hinaufzureichen, und so hob ihn Don Camillo hoch.

Es war der Sohn von Peppone. Don Camillo blickte ihn angsterfüllt an und dachte dabei an die ungeheuerliche schwarze Katze, die das Christkind in ihrem Rachen hielt.

Er stellte das Kind wieder auf den Boden.

Dann trug er selber, über den Trümmerhaufen hinwegsteigend, den Gekreuzigten an seinen Platz am Hochaltar zurück.

«Jesus», sagte er, «vorgestern abend, während ich mit dir sprach, zersägte ein Mann den Balken über meinem Kopf, und wenn du mir nicht ‹Halt!› zugerufen hättest, läge ich jetzt unter diesen Trümmern.»

«Warum, Don Camillo, sprichst du noch von Balken und Decken, wo du doch vorhin selbst gesagt hast, daß die wahre Decke des Hauses Gottes keine Balken hat und niemand es zum Einsturz bringen kann?»

Don Camillo schaute hinauf und sah das große Rechteck des gestirnten Himmels.

Aber die gräßliche schwarze Katze konnte er nicht aus seinen Gedanken verbannen, und er sah sie über die verlassenen Felder und am Ufer des Flusses entlangrennen.